겨울 마침표

기꺼이 끝까지 걸어온 당신에게

겨울
마침표

기꺼이 끝까지 걸어온 당신에게

박솔미 지음

북스톤

추천의 말

'모든 것이 끝나간다'는 이유로 겨울을 가장 좋아할 수도 있다는 것을 처음 알았다. 저자는 14년 차 직장인이자 워킹맘으로 누구보다 바쁜 계절을 살면서 책임감 있게 매 순간 마침표를 찍으며 달려온 사람. 그리하여 스산한 계절이 오면 한 해의 진짜 마침표에 다가선다는 생각에, 마음에 평화가 찾아오는 사람이다. 한 해의 마침표를 찍자마자 숨 돌릴 틈 없이 그다음 해의 시작이 펼쳐지기에, 어쩌면 겨울은 꼭 필요한 존재인지도 모르겠다. 대단한 무언가를 이루지 못했어도, 겨울은 조금은 가만히 머물러도 너그러워질 수 있는 시간이니까. 누구보다 책임감 있게, 자기 자신과 인생을 돌보며 살아가고 있는 저자의 글을 읽는 동안 무한한 응원과 위로를 얻었다. _김소영 방송인·책발전소 대표

겨울을 좋아한다는 고백에는 사람의 입김 같은 성질이 스며 있다. 춥고 쓸쓸한 끄트머리에 다다르더라도 따뜻하고 고요하게 살아 있다는 존재감. 나의 숨만큼은 최선을 다해 스스로를 지키고 주위를 데우려는 의연함. 겨울을 좋아한

다는 박솔미의 글에는 그런 담담함과 꿋꿋함이 배어 있다. 돌봄과 작업, 성취와 성장에 있어서도 요령 하나 없다. 언 땅을 일구는 하얀 소처럼 날마다 나아가기. 대단하지 않더 라도 기꺼이 끝까지 걸어가기. 주저 없이 마침표를 찍은 후 에는 다시 시작하기. 충실한 마음과 소박한 기쁨으로 제 삶 을 일구어 가는 사람의 고백을 건넨다. 이 책이 겨울을 좋아 하는 또 하나의 이유가 되었으면. 아무렴, 나도 겨울을 좋아 한다. 그래서 박솔미의 글을 좋아한다. _**고수리** 작가

종종 떠올려보곤 한다. 잘 사는 사람은 어떤 사람일까? 답은 특별하지 않다. 내가 좋아하는 것이 무엇인지를 정확히 아 는 사람, 그리고 그 좋아하는 것들을 충분히 누리고자 부지 런히 애쓰는 사람. '겨울'을 지독히 좋아하는 작가의 사적인 속내를 읽다가 이렇게 살고 싶어졌다. 출발선보다 결승선 을, 쉼표보다 마침표를 더 소중히 여기는 삶. 내가 왜 겨울 을 가장 좋아했는지, 그 이유의 힌트도 발견했다. 덕분이다. _**엄지혜** 작가

목차

나는 마침표가 좋아

나는 문장을 시작하는 순간에 마침표 찍을 궁리부터 하는 타입이다. 긴 문장은 사람을 지치게 한다는 강박에 사로잡혀, 서둘러 마침표를 찍어 왔다.

학창 시절에도 여름 방학보다는 종강을 선호했다. 심지어는 졸업식을 손꼽아 기다렸다. 잠시 쉬면서 더 멀리 걸어갈 채비를 하기보다는, 이를 악물고 달려 빨리 끝을 내고 싶었다.

회사에 다니는 지금도 비슷하다. 여름 휴가보다는 송년

회가, 임시 휴직보다는 송별회가 끌린다. 이국의 뜨거운 태양 아래서 휴가를 보낸다 한들, 결국엔 제자리로 돌아와 밀린 업무와 관계를 해결해야 하기 때문이다.

성실히 달리는 사람에게 '쉬었다 가자'는 속삭임은 달콤하다. 하지만 더 달렸다가는 사달이 날 것 같은 사람은 이 말에 김이 샌다. 쉬었다 가야 할 정도로 갈 길이 멀다는 뜻이니까. 차라리 리듬이 끊기지 않도록 임무를 착착 수행해내어 하루 빨리 완결에 이르고 싶다. 그래서 나는 비유적으로도 실제로도, 쉼표보다 마침표가 좋다.

사계절 중에는 겨울이 좋다. 오직 겨울만 좋다. 도대체 어떤 삶을 살길래 이리도 스산한 계절이 좋다고 하는지 호기심을 사는 것조차 피로해, '겨울이 가장 좋다'고만 말한다.

설레는 시작도, 뜨거운 과정도, 무르익는 성과도 필요 없고 가만히 쉬고 싶던 때가 있었다. 지금도 하던 일을 얼른 끝내고 그저 쉬고 싶다는 투정 한 겹이 마음 밑바닥에 늘 깔려 있다. 그런 나 자신을 억지로 끌어당겨 봄, 여름, 가을을 묵묵히 견뎌낸다. 그러다 코끝이 차가워질 때면, 유일하게 사랑하는 계절이 왔음에 환희한다. 찬바람이 깊숙이 파고들어 살갗을 얼리면 기쁨에 사무친다.

'아, 겨울이다. 모든 게 끝나간다.'

드디어 남은 한 해를 온몸으로 껴안아 즐길 수 있게 된다. 스스로를 결승선까지 무사히 끌고 온 나를, 땅 갈고 씨뿌리는 수고를 마다하지 않고 태풍을 견디고 추수까지 끝낸 뒤에야 드러누운 나를 대견히 여기며 겨울 마침표를 즐기는 것이다.

살펴보면 세상 모든 곳에, 삶의 모든 경험에 겨울로 상징되는 구간이 있다. 일에도, 관계에도, 커리어에도 얼어붙고, 황량하고, 저물어가는 겨울이 온다. 어둡고 단절된 속성 때문에 대부분은 겨울을 환영하지 않는다. 이해는 한다. 겨울에 이르러서야 찍을 수 있는 온전한 마침표가 얼마나 커다란 평화를 가져다주는지 모른다면, 세상 모든 일에 끝이란 게 있어서 다행인지 모른다면, 그렇다면 겨울을 미워할 수도 있겠지.

그래서 기꺼이 겨울에 대한 책을 쓴다. 내가 몹시 사랑하는 겨울의 편을 들어주기 위해서. 수고로이 살아내느라 일 년치 더 늙어버린 손을 부비며 차분히 마침표를 찍는 겨울. 소란스레 파이팅을 외치지도, 더 멀리 가보자고 떼쓰지도 않으며 우리 모두의 최선은 여기까지임을 가만히 인정하는 겨울. 이 계절이 조용히 해내는 일들의 위대함을 알리기 위해 생각을 정리하고 글을 모았다.

겨울이 다가오는 것이 두려워 발을 구르는 이가 있다면, 이 계절의 아름다움을 하나하나 일러주며 함께 빈 논에 드러눕자고 말하고 싶다. 나와 비슷한 마음으로 겨울을 기다리는 사람에겐 어깨동무를 하며 말해주고 싶다. 무슨 생각인지 다 알고 있으니 눈치 보지 말고, 편히 드러누워도 된다고. 더 이상 애쓸 필요가 없는 상태에 도달하기 위해 당신이 얼마나 많은 관문을 뜨겁게 관통해왔는지 나는 알고 있다고. 겨울이라는 마침표를 이토록 사랑하는 우리는, 절대로 성급하거나 게으른 사람들이 아니라고.

나를 키운 것은
팔 할이 겨울 방학

초등학교 고학년부터 중학교 졸업 때까지, 겨울 방학은 나에게 길고도 평화로운 마침표였다. 부모님이 더 이상 밀착 보호를 하지 않아 조금씩 자유를 맛보던 때였고, 세상 돌아가는 꼴을 읽어내며 사리 판단을 하기 시작하던 시기였다. 아직 치열하게 입시 준비를 할 필요가 없어 시간도 넉넉했다. 무엇보다 내향적인 나에게는 여름 방학보다는 겨울 방학이 축복에 가까웠다. 종일 집 안에만 있어도 되었기 때문이다. 부모님도 감기 걸리지 않게 집에 있으라고 타이르

셨으니 그야말로 삼박자가 딱 맞았다.

하지만 겨울 방학은 정체의 구간이 아니라 성장의 나날이었다. 온 겨울을 집 안에서만 보내면서도 하루가 다르게 성장해 어른의 몸과 마음에 도달했다. 어느 겨울에는 키가 단숨에 10센티미터 넘게 자랐다. 또 어느 겨울에는 가슴이 봉긋 솟았고, 피부도 한결 매끄러워졌다.

그즈음, 세상의 모든 현상 이면에는 은밀한 속사정이 있다는 것도 깨달았다. 하루 종일 틀어놓은 라디오 덕이었다.

밀린 숙제를 하면서도, 점심을 먹으면서도, 혼자 놀면서도, 동생과 놀면서도 라디오를 들었다. 이것저것 끄적일 때도, 가만히 공상할 때도, 몰래 엄마 옷을 입고 거울 앞에 섰을 때도 마찬가지였다. 거울에 비친 모습이 퍽 만족스러웠던 날에도, 이렇게 통통한 모습으로는 개학을 맞을 수 없을 것 같아 절망했던 날에도, 눈썹을 더 날렵하게 만들기 위해 눈두덩에 난 잔털들을 족집게로 모조리 뽑던 날에도 어김없이 라디오를 듣고 있었다.

정확한 이유를 꼽을 순 없지만, 나는 유독 MBC의 FM4U 채널이 좋았다. 주파수는 늘 91.9메가헤르츠에 맞춰져 있었다. 당시 FM4U의 프로그램들은 평화로운 방학 생활에 곁들이기 딱 알맞게 구성되어 있었다.

아침에는 점잖은 아나운서가 감미로운 목소리로 인사를 건넸다. "오늘도 날이 밝았습니다. 어서 일어나서 파이팅하십시오!"라는 힘찬 억지 응원과는 결이 달랐다. 그녀는 "당신에게 오늘이라는 선물이 도착했습니다"라는 보드라운 멘트로 우아하게 나의 아침을 열어주었다. 라디오 프로그램은 총 4부로 구성되어 2시간 동안 이어졌다. 1부와 4부에서는 DJ가 사연을 읽고, 시기와 계절에 맞는 음악을 틀었다. 2부와 3부에서는 요일마다 다른 분야의 전문가가 게스트로 나와 청취자의 사연을 듣고, 조언을 해주는 식이었다.

아나운서의 감미로운 목소리에 빠져 있다 보면 어느덧 해가 중천에 떴다. 이제 활기 있게 분위기를 띄울 차례다. 12시에 시작되는 〈정오의 희망곡〉은 수다스럽게 웃고 떠들며 두 시간을 채웠다. 다음은 〈두시의 데이트〉. 에너지가 절정으로 끓어 넘치는 구간이었다. 깔깔대며 웃을 수 있는 사연도 많고, DJ와 게스트의 목소리에도 힘이 가득 실렸다. 나 역시 엄마가 외출하기 전에 지어두신 점심밥을 먹고 힘을 내는 시간이기도 했다.

밥도 먹었겠다, 숙제도 얼추 끝냈겠다, 해도 꺾이기 시작하는 4시부터는 템포가 다시 느려진다. 나이 지긋한 발라드 가수가 진행하는 프로그램에서는 느린 노래를 많이 틀어줬는데, 노래 따라 내 마음에도 서정이 한 겹 더해졌다. 그리고 대망의 오후 6시. 〈배철수의 음악캠프〉가 시작되고, 오프닝 시그널 음악만 들어도 퇴근길의 운치를 누리는 어른이 된 듯한 기분에 사로잡히곤 했다. 오후에는 엄마 친구들이 모여 하는 이야기를 엿듣는 기분이었다면, 저녁 무렵에는 직장인 언니 오빠들의 이야기를 훔쳐 듣는 기분이었다. 배철수 아저씨가 특유의 무심한 말투로 들려주는 팝 이야기에 귀 기울이다 보면 어느새 8시가 되었다. 이때 한 번 더 에너지가 치솟는데, 당대 가장 인기 있는 아이돌들이 진행을 맡는 프로그램 〈친한친구〉 순서였기 때문이다. 댄스곡을 많이 틀어주었고, DJ가 소개하는 사연들도 대부분 연애 이야기 혹은 연예 이야기였다.

이어지는 시간대부터는 진짜 어른의 영역이었다. 겨울밤의 정취에 깊이 잠기게 하는 프로그램이 이어졌는데, 어떤 말은 알아듣고 또 어떤 말은 짐작만 한 채로 콩나물처럼 누워 듣다가 잠에 들었다.

당시의 라디오 프로그램들을 지금도 줄줄 읊어댈 수 있을 만큼, 나는 겨울 방학 때 라디오를 듣는 것 외에는 거의 아무것도 하지 않았다. 그럼에도 몸과 마음은 한 움큼씩 성장했고, 지금의 내가 되었다. 많이 배워 교양을 쌓았고 조직과 사회에서 가치를 창출하며, 가정을 꾸려 아이를 양육하는 제법 그럴싸한 어른. 이러한 어른이 되는 데 특별한 재료가 필요한 건 아니었다. 내가 나로서 무사히 성장하는 데 필요했던 건 시간과 라디오였다.

겨울이라는 검은 천을 뒤집어쓰고, 라디오 소리를 맛있게 머금었던 겨울 방학을 추억할 때면, 할머니께서 키우시던 콩나물이 함께 떠오른다. 할머니 방에는 언제나 콩나물 시루가 있었다. 콩나물을 키우는 방법은 꽤 간단해 보였는데, 시루에 덮어둔 검은 천을 열고 그 위로 물을 붓기만 하

면 되었다. 물은 콩을 적시고 시루 바닥으로 우수수 떨어져
버리는데도 콩은 무사히 콩나물이 됐다.

　나도 그랬던 게 아닐까. 라디오에서 흘러나오는 음악과
이야기들은 한쪽 귀로 들어가 반대쪽 귀로 나오는데도, 나
는 하루하루 어른에 가까워졌다. 세상을 보는 눈을 틔우고,
자신을 바라보는 태도를 갖추면서 말이다.

　주변을 의식하지 않고, 고요 속에 머무르며 자신을 키워
낸 시간들을 헤아려본다. 마음의 닻을 시루 아래에 내리고
는 묵묵히 몸을 키우는 콩나물. 밖으로 나갈 의욕을 불태우
기보다는 집 안에 나를 가만히 정박한 채로 라디오에 귀를
기울이며 마음을 키운 나. 둘은 제법 닮았다.

드디어
늙는다는 기쁨

나는 서른일곱이다. 책이 세상에 나올 땐 서른여덟이겠다. 사실 이미 서른여덟이었던 적이 있는데, 소위 '윤석열 나이'로 새롭게 나이를 셈하며 다시 서른일곱이 되었다. '미란다 원칙'이나 '피타고라스의 정리'처럼 나이를 밝힐 때마다 대통령 이름을 붙여야 정확성을 따질 수 있다니 당혹스럽다. 그의 나이가 아니라 내 나이인데 말이다.

개인적으로는 '윤석열 나이'가 마뜩지 않다. 드디어 서른여덟이 되었는데, 다시 서른일곱으로 돌아왔다는 사실 때문이다. 동년배 친구들이 삼십 대 중후반에 이른 것을 달가워하지 않는 것과 다르게, 나는 서른일곱을 지나 서른여덟이 된 것에 환호했었다. 할 수만 있다면 마흔여덟이나 쉰여덟이었으면 좋겠다고 말했다. 진짜냐고? 몹시 진심이다. 나는 늙고 싶다.

이건 '박솔미 그래프'라고 혼자서 이름 붙여 놓은 발견 덕분이다. 아이를 낳아 기르며 깨달은 점들을 정리해 보았더니 하나의 그래프가 그려졌다. 그게 무엇이냐면, 나이에 따라 받게 되는 타인의 너그러움 정도를 나타낸 것으로, U 자 모양 그래프다. 즉, 나이가 매우 어리거나 많을수록 비교적 쉬이 주변의 인정을 받게 된다는 뜻이다.

신생아들은 원초적인 행동을 무사히 해낸 것만으로도 무한한 칭찬과 응원을 받는다. 트림만 해도 박수갈채를 받고, 방귀만 잘 뀌어도 칭찬이 쏟아진다. 밤에 잠을 잘 자면 뽀뽀 세례를 받고, 엄마 혹은 아빠 같은 기초적인 단어만 소리 내어 말해도 영재 소리를 듣는다. 나 또한 그랬던 시절이 있었겠지만, 잘 기억이 나지 않는다. 듬뿍 사랑받던 올챙이 시절을 까맣게 잊어버린 삐죽한 개구리가 되어, 무한한 환희를 누리는 신생아들을 부러워할 뿐이다.

성장할수록 주변의 환호는 급격히 줄어든다. 온 세상이 개인에게 엄중한 잣대를 들이밀기 때문이다. 열 살쯤 된 아이가 엄마를 엄마라고 부르는 것은 더 이상 칭찬 거리가 아니다. 엄마라는 단어를 열 가지 언어로 유창하게 말한다면 모를까. 잠을 잘 자는 것 역시 이제는 대단한 자랑이 아니다. 10년 전만 해도 아이가 통잠을 잔다고 우쭐대던 부모들은 이제, 애가 아침잠이 많아서 걱정이라고 난리다.

칭찬 한 번 받기 어려운 구간에 접어들어 십수년을 치이며 살다 보면 성인이 된다. 아무리 해내도, 아무리 벌어도, 아무리 버텨도 별 볼 일 없다. 성인의 세계란 호락호락하지 않다. 언제 어디서나 나보다 잘하는 사람들이 존재한다.

그렇게 환호받을 일 하나 없는 삶을 버티다 보면 우리는 드디어 늙게 된다. 그리고 세상은 개인에게 다시 너그러워진다. 난간을 잡지 않고 걸을 수 있거나, 길을 헷갈리지 않고 동네 마실을 다니거나, 끼니를 잘 소화해내는 데 감사를 표한다. 다시 아이가 된 것 같다.

생명에 대한 환희, 존재에 대한 감탄을 하는 빈도와 양이 나이별로 어떻게 변화하는지를 그려놓은 그래프. '윤석열 나이'라는 제도에 대한 반항으로 '박솔미 그래프'로 이름 지어 이 현상을 소개했지만, 이름 욕심을 걷어내고 본질에 집중하자면 '환희의 그래프'라고 하는 편이 알맞겠다.

　20대 후반에서 50대 후반까지 환희의 곡선은 바닥으로 푹 꺼진다. 생을 누리는 것이 아니라, 버티는 노동으로 전락해버리는 구간이다. 오늘 하루 무사히 숨 쉬고, 맛있게 먹고, 소중한 이들을 분별해내는 상태를 행복이라 규정할 수 없는 청년-장년-중년의 협곡. 이 골짜기로 한 걸음 더 들어온 서른일곱 살의 나는 희망한다. 이 구간을 무사히 지나 다시 환희의 언덕에 오르기를.

　'환희의 그래프'를 생각할 때면 떠오르는 장면이 하나 있다. 광고회사 재직 시절, 식품 광고 카피를 쓸 때의 일이다. 보다 진정성 있는 표현을 찾기 위해 음식 다큐멘터리를 이리저리 뒤지다가 집에서 손두부를 만드는 할머니의 이야기를 발견했다. 그녀는 시집을 가자마자 두부를 손수 빚어서

잖에 내다 파는 가업을 이어받아야 했다(우리 세대는 '시집을 간다'는 표현을 용납하지 않겠지만 이렇게 표현해야만 앞으로 소개할 그녀의 노고가 잘 표현될 것 같다). 한평생 두부와 씨름해야하는 운명에 내던져진 할머니는 새벽같이 두부를 새로 만드는 건 물론이고, 나룻배를 타고 읍내에 나가 두부를 다 팔고와야 했다. 계절마다 콩밭을 매는 일도 게을리할 수 없고, 그 와중에 얼빠진 남편과 먹여도 먹여도 배고파하는 아이들 그리고 시어머니까지 돌봐야 했다. 매우 피로한 삶이었다. '피로하다'는 표현으로 할머니의 고된 골짜기를 묘사할 수밖에 없어 부끄러울 따름이다. "일이 힘들진 않으세요?"라는 리포터의 질문에 할머니는 배시시 웃으며 말했다. "힘들지예. 새색시 때는 너무 힘들어가, 배 타고 오는 길에 콱 빠져 뿔까 생각도 했으예…. 그래야 쉴 수 있겠드라고예."

덤덤한 얼굴로 죽어야 쉴 수 있을 것 같았다고 고백하는 할머니. 영상을 보던 나는 겨우 스물일곱이었다. 머리로는 할머니의 심정을 인지했으나, 가슴으로는 도무지 이해할 수 없던 나이. 서른일곱이 된 나는 이제 할머니의 푸념을 마음 깊이 해석한다. 십 년 전처럼 '그럼 쉬면 되지 않느냐'

는 반문은 하지 않는다. 그때의 나는 골짜기에 갇힌 할머니를 먼발치서 구경하던 마리 앙투아네트였지만, 지금의 나는 내 나름의 골짜기를 헤쳐 나가고 있으니까. 할머니가 겪은 고생에 비할 바는 아니지만 말이다.

할머니의 말은 곱씹을수록 쓰라린 데가 있다. 배를 타고 장터로 나가는 길이 아니라, 두부를 기어이 다 팔고 집으로 오는 길에 그런 슬픈 생각을 했다니. 두부를 만들어 내다 파는 것은 할머니가 이 생에서 짊어진 숙제이다. 그 일이 끝도 없이 이어지는 탓에, 콩을 물에 불리는 것이 시작점인지 만들어진 두부를 내다 파는 것이 시작점인지도 가늠할 수 없었으리라. 그 지난한 여정에서도 할머니는 가족의 생계를 맡은 사람으로서 두부를 싣고 장으로 나서는 길에 물에 빠져서는 안 되었던 거다. 기어이 두부를 다 팔고 돌아오는 길에서야 영원히 쉴 생각을 했다니, 그 책임감과 성실함이 눈물겹다. 우리도 어느 형태로든 그러한 삶의 무게를 떠안고 산다는 생각에 마음이 무겁다.

두부 할머니를 존경하는 마음으로, 나는 다시 한 번 힘주어 말한다. 하루씩 늙고 있어서 기쁘다. 환희 그래프의 상승 곡선을 타고 언덕 위로 올라서려면 아직 멀었지만, 어찌됐든 골짜기를 벗어나는 방향으로 하루씩 늙고 있다는 사실에 성취감마저 든다. 세월이 가서 기쁘고, 한 해가 저무니 즐겁다. 서른일곱 번째 겨울을 보내며 나는 전보다 더 늙고, 더 기쁠 것이다. 구십 페이지 내외의 숙제가 주어졌는데 벌써 서른일곱 장이나 풀었다니! 겨울이 오고 가면, '풀어야 하는 쪽'의 페이지를 '다 푼 쪽'으로 한 장 넘기며 환희의 언덕에 한발 더 다가갈 것이다.

왠지
겨울바람이 부는 사람

    고등학교 2학년 때 굉장히 친했던 친구가 있었다. 우리는 말이 잘 통했고, 유머코드도 잘 맞았다. 짓궂은 장난을 쳐도 서로 기분 상하는 일 없이 웃어넘겼다. 당시 학교에서 경제 과목을 가르치던 선생님을 동시에 좋아하며 더 친해졌다. 선생님을 경쟁적으로 좋아하는 일은 즐거운 놀이와도 같았다. 어쩌면 한 가지 대상에 함께 몰두하는 너와 내가 좋았는지도 모른다.

    내내 단짝처럼 지냈던 친구가 3학년 진급을 앞둔 어느

겨울, 어째서인지 나를 못 본 체하기 시작했다. 낯선 사람 보듯 쌩하고 지나칠 때마다 나는 영문도 모른 채 당황했다. 아마도 내가 기분 상할 만한 행동을 했을 것이고 그에 대한 서운함의 표현으로 나를 모른 척했으리라. 하지만 당시 나는 그런 친구의 모습에 '요것 봐라?' 하는 괘씸한 마음뿐이었다. 화를 내거나 따져 물으면 될 것을, 관계를 싹둑 잘라내는 친구가 얄미웠다. 그래서 어떻게 했냐고? 똑같이 친구를 못 본 체했다. 나를 무심하게 잘라내는 너 없이도, 고등학교 생활쯤은 잘할 수 있다는 걸 보여주고 싶었다.

그렇게 단짝이었던 우리는 어느 날 갑자기 낯선 사람이 되어 고3 시절을 보냈다. 수능을 앞두고 종일 자습실에서 문제집에 코를 박고 지낸 터라, 이 은밀한 소동에 오래 신경 쓸 겨를도 없었다. 봄, 여름, 가을이 지나고 어느새 찬바람이 불기 시작했고, 마침내 수능까지 딱 하루를 남겨둔 2005년 겨울밤. 마지막 야간 자율 학습을 마치고 나서는데 친구가 불쑥 쪽지 하나를 건넸다. 읽지 않아도 거기에 어떤 마음이 적혀 있는지 알 수 있었다. 거리끼는 것 하나 없이 편안한 마음으로 일생일대의 거사를 잘 치르자는 뜻이었다. 용기 내어 쪽지를 건네고 결연하게 그것을 받음으로써 우리는 가까스로 화해를 했다.

시치미 떼고는 있었지만 친구와 영영 멀어질까 겁먹고 있었던 나도 그제야 마음이 놓였다. '그치? 우리가 그렇게 끝날 사이가 아니지?'라고 되뇌며 집으로 돌아가던 길, 이불처럼 따뜻한 안도감이 마음을 감싸주었다. 덕분에 우리는 온전히 집중해서 무사히 수능을 치를 수 있었다. 이후 다른 학교로 진학하게 되며 자연스레 멀어졌지만, 나는 지금까지도 친구가 쪽지를 건넸던 겨울밤을 종종 생각한다.

스무 살로 넘어가던 그 겨울로부터 많이도 멀어졌지만, 어찌 보면 그때의 나와 지금의 나는 크게 달라지지 않았다. 장소만 학교에서 회사로 바뀌었을 뿐, 지금도 종종 별것도 아닌 일에 마음 상하고 화가 나서 싹둑 자르고 달아나버리곤 한다. 점심시간에 동료가 선 넘는 발언을 했다든가, 회의 시간에 내 아이디어가 무시되었다든가, 난감한 업무는 내가 다 떠맡고 있다는 생각이 들 때면 서운한 감정이 왈칵 쏟아지며 손절해버리고 싶은 마음이 든다. 너희 없이도 점심

쯤은 잘 먹을 수 있다며 일부러 혼밥을 하고, 나도 너의 의견을 한 번쯤은 묵살할 수 있다는 걸 일부러 보여주고, 힘들어하는 동료를 애써 못 본 척하고.

유치해 보이지만, 나만 그러는 건 아닌 듯하다. 멀쩡하게 잘 자란 어른들 대부분이 의도된 서운함을 주고받으며 산다. 적군과 아군을 구분해 한쪽과는 끝없는 기 싸움을 하고, 또 한쪽에는 과도한 애정을 쏟으며 말이다.

이러한 수 싸움은 우리를 지치게 한다. 기 싸움도, 애정 공세도 체력이 받쳐줄 때나 할 수 있다. 서른 중반을 넘어서며, 나는 100% 완충되지 않는 스마트폰처럼 기본 체력이 떨어졌다. 허튼 곳에 에너지를 쓸 만한 여유가 없다. 열정을 쏟을 가치가 있는 데 총력을 다하는 것만도 벅차다. 그래서 나는 내 에너지 전부를 나의 가족과 나의 글에 집중하기로 했다.

운이 좋게도, 나는 회사에서 글을 쓰기 때문에 일하는 것만으로도 절반의 에너지는 계획대로 쓰는 셈이다. 다만, 순수한 마음으로 좋은 글을 쓰려고 애쓴다. 돌아가는 판을 보며 라인을 탄다거나, 여기 붙을지 저기 붙을지 셈을 한다거나, 핵심 무리에 가까워지려고 눈치보는 일은 질색이다. 앞서 말했듯 나의 에너지에는 한도가 있기 때문이다. 나의 소중한 체력을 정치질 하는 데 쓴다는 건 상상할 수도 없다.

굳은 결심에도 불구하고 이러쿵저러쿵하는 소문에 마음이 어지러울 때면 떠올리는 글이 하나 있다. 내가 좋아하며 따르던 첫 직장 선배가 알려준 글이다. 시끌시끌한 인사이동 철에 자신이 좋아하는 책이라며 몇 페이지를 직접 복사해서 후배들에게 나눠주었다. 1944년에 C. S. 루이스가 킹스 칼리지 런던에서 강의한 내용을 글로 옮긴 것인데, 제목은 'The Inner Ring'이다. 한국어로는 '내부 패거리'로 공식 번역되었는데, 어쩌 의도적인 뉘앙스가 느껴진다. '내부 패거리'의 내용을 나의 방식대로 소개할까 한다.

인간이라면 누구나 내부 패거리에 들려는 욕망이 있다. 내부 패거리 자체가 나쁜 것은 아니다. 어느 집단에나 비밀스러운 토론이 있어야 하고, 폐쇄된 우정도 필요한 법이니까. 문제는, 그 패거리에 들지 못해서 버둥대는 우리의 모습이다. 지금 자신이 서 있는 자리가 아닌 저 너머의 내부 패거리만을 하염없이 바라보는 태도는 스스로를 파괴한다. '내부 패거리'가 되는 게 아니라 '내부 패거리주의자'로 전락해 내부 패거리의 꽁무니만 좇는 사람이 되기 쉽다.

그럼 어떻게 해야 진정한 내부 패거리가 될 수 있을까? 순수한 마음으로 일을 열심히 하다 보면, 자신도 모르는 사이에 중요한 집단 내부에 속하게 된다. 저명한 내부 패거리에 간신히 속하게 되는 게 아니라, 자신을 중심으로 새로운 내부 패거리가 만들어지는 것이다. 일에 순수하게 몰입할 때 자연스럽게 형성되는 작은 무리. 그 안에서 천진난만하게 지내는 모습을 누군가 외부에서 관찰한다면, 나 역시도 단단한 패거리 안에서 안정을 누리는 사람으로 보인다.

놀랍지 않은가? 내 앞에 놓인 일을 순수한 시선으로 바라보며 업무의 가치를 높이는 데 집중하는 것. 그 과정에서 자연스럽게 가까워진 이들과 솔직한 마음을 주고받으며 작고 단단한 링을 만드는 것. 그 소중한 패거리와 진하게 위로를 나누며 기운을 충전하는 것. 그야말로 완벽한 '회사생활' 혹은 '사회생활'인 것이다.

핵심 조직에 들어가기 위해 혹은 소문의 진원지를 추적하기 위해 에너지를 낭비하지 않으려 애쓴다. 나의 체력과 의지를 아끼고 아껴 나만의 작고 귀여운 패거리에 조금 떼어주고, 나머지는 모두 집으로 갖고 온다. 나 자신과 가족에게 의미 있게 쓰기 위해서다. 회사에서 엮이는 그 누구도 나와 내 가족만큼 내 삶에 오래 머물지 않으니까. 물론 밖을 염탐하는 일을 즐기고, 여럿이 모여 한 명을 헐뜯으며 돈독해지는 사람들도 있다. 그런 부류에게 나는 왠지 겨울바람이 부는 새침데기 같겠지. 그럼 뭐 어때랴. 나는 겨울로 태어난 사람인걸. 내가 만들 수 있는 최대치의 봄바람과 여름 햇살은 나와 내 가족 그리고 나의 작은 패거리에 다 줬는걸.

1998년 겨울,
그해의 갈무리

겨울 방학 내내 집에 머물며
라디오에서 흘러나오는 소리를
머금는 것만으로도
내 몸과 마음은 한 움큼씩 자라
무사히 어른이 되었다.

라디오 사연 끝에 따라붙던
겨울 이불처럼 따뜻한 DJ의 멘트들

"여러분, 아침이 행복해야 하루가 행복합니다."

"여러분! 하고 싶은 거 하세요!"

"꿈 같은 시간 보내세요. 내일도 꿈꾸라."

"오늘 밤도 별이 빛나길."

"내일도 이 밤에 만나요."

"저는 내일도 여러분의 곁에 있겠습니다."

"여러분, 잘 자요."

**라디오 선곡으로 흐르던
첫눈처럼 설레는 노래 가사들**

패닉 〈강〉
"내 마음속 강물이 흐르네.
꼭 내 나이만큼
검은 물결 굽이쳐 흐르네."

이상은 〈비밀의 화원〉
"바람을 타고 날아오르는 새들은 걱정 없이
아름다운 태양 속으로 음표가 되어 나네."

자넷 잭슨 〈Together Again〉
"Everywhere I go, every smile I see
I know you are there smilin' back at me"

이제 어디서든 사람들의 미소를 볼 때마다,
당신도 거기서 내게 미소 짓고 있단 걸 알아요.

휘트니 휴스턴 〈Greatest Love of All〉
"I decided long ago never to walk in
anyone's shadows.
If I fail, if I succeed at least
I'll live as I believe.
No matter what they take from me,
they can't take away my dignity."

오래전 나는 결심했죠.
누군가의 그림자 안으로 들어가지 않겠다고.
내가 실패하든 성공하든, 적어도
내 뜻대로 살 수 있을 테니까.
내 모든 걸 빼앗는다 해도 나다운
떳떳한 가치는 가져갈 수 없죠.

불안해하기에도
늦은 계절

　파워 J임에도 불구하고 약속 시간에 늦을 때가 종종 있다. 계획을 촘촘하게 세워두는 편인데, 어쩌다 틀어진 일 하나를 건너뛰지 못해 약속 장소에 늦게 도착하는 것이다. 그럴 때마다 마음이 무너진다. 내가 세운 계획대로 사는 게 뭐가 어렵다고 이거 하나를 제대로 못 하는지. 싫어하는 기분임에도 이런 자괴감은 잊을 만하면 반복되며 나를 괴롭힌다. 출석 확인이 끝난 뒤에 강의실에 도착하는 바람에 조교를 따로 찾아가 굽실거려야 할 때, 마감 시간 30초 전에 가까스로 서류를 제출하고는 엉뚱한 파일을 보냈을까 봐 전전긍긍할 때, 이미 출발한 버스 꽁무니를 헐레벌떡 쫓아갈 때. 친구와의 약속 시간에 늦을 때는 특히 마음이 무겁다. 상대방이 얼마나 불쾌하고 마음 불편할지 알기 때문이다.

   대학교 1학년 때의 일이다. 친하게 어울려 놀던 친구 둘과 신촌 '대학약국' 앞에서 만나기로 했다. 어쩌다 보니 약속 시간에 늦었다. 과외 수업에 다녀오는 시간, 바지 수선을 맡기는 시간, 고향집에서 보내준 택배를 받아 정리하는 시간, 집으로 돌려보낼 물건을 부치는 시간이 조금씩 밀려 친구와의 약속에 거의 한 시간이 늦어진 것이다. 그날따라 또다른 친구도 늦는 바람에 홀로 제시간에 도착한 친구는 속절없이 우리를 기다렸다. 친구는 중천에 떴던 해가 노을이 되어 옅어지는 광경을 실시간으로 목격하며 서 있었다고 말했다. 어여쁜 나의 친구는 그새 폭삭 말라 있었다. 기다림이 괴로웠는지 밥도 양껏 못 넘겼다. 누군가의 몸이 축날 만큼 약속 시간에 늦는 게 얼마나 나쁜 일인지를 그날 절절이 깨달았다.

빅내 카피라이터 시절에는 녹음 스케줄에 늦은 적이 있었다. 미리 촬영해 둔 광고 영상 위에 후시 녹음을 해야 했는데, 일요일 오후로 일정이 잡혔다. 클라이언트(흔히들 '광고주'라고 부르는) 전체는 물론이고, 광고 제작팀장(즉, 나의 상사), 카피라이터 선배, 감독님과 조감독님, PD님 그리고 녹음을 할 주인공인 모델까지 모였다. 나 같은 막내 사원이 지각하는 것은 감히 상상할 수 없는 자리였다. 게다가 광고 모델이 (그 어떤 스태프보다도 현장에 일찍 도착하기로 유명한) 원빈이었다. 원빈 님도 미리 와서 기다리는데 감히 내가 늦다니!

다행히도(?) 당시 현장에서 나는 있으나마나 한 하찮은 존재였으므로 나 없이도 녹음은 착착 진행되었다. 문제는 괜한 주목을 받으며 녹음실 한가운데로 입장해야 한다는 것. 부디 내가 먼지처럼 구석에 앉을 때까지 아무도 쳐다보지 않기를 바랐다. 제발, 제발 아무도 나의 지각을 알아채지 않기를.

애석하게도 사수 카피라이터였던 차장님은 "솔미야, 이리 와"라고 나지막이, 하지만 모두의 시선을 끌기에 충분한 목소리로 말하셨다. '차장님, 제가 지금 여기를 가로질러 차장님 옆으로 갈 수가 없어요. 제발 그만 부르세요'라는 간절함을 담아 있는 힘껏 난감한 표정을 지어 보였다. 그런데 웬걸, 팀장님까지 가세했다. "솔미야, 이리 와. 여기서 봐야 잘 보여!" '으이그, 저 사람들을 내가 진짜…'라고 원망하면서도, 그제야 마음에 무한한 평화가 찾아왔다. 크게 혼쭐이 날 줄 알았는데, 오히려 팀 선배들이 내 잘못을 따뜻하게 감싸주어서다. 나는 다시 한 번 각오를 깊이 새겼다. 절대로, 약속 시간에 늦지 않겠다고.

물론 인간의 본성이 그리 쉽게 바뀌진 않는다. 그 뒤로도 수없이 지각을 하며 살고 있다. 여전히 허둥지둥대는 나 자신에게 분노가 끓어오른다. '언제까지 이렇게 살래!'라며 목 주변이 시큰할 정도로 내적 고함을 지른다.

그런데 혹시 아는가. 분노도 잠시뿐이라는 것을. 가령, 회사의 큰 월례 미팅에서 내가 직접 기획서를 발표할 기회를 얻었다고 치자. 미팅은 월요일 아침 8시에 시작된다. 회사는 강남역 근처인데 우리 집은 광화문 부근이고, 하필 알람을 끄고 삼느는 바람에 7시 30분이 되어서야 집을 나설 수 있었다. 겨우 예약한 택시가 12분 뒤에 도착한다는 알림이 왔다. 지각을 피할 방도는 없어 보인다.

7시 45분, 택시에 올라탄 나는 극도의 불안과 분노에 휩싸인다. 연락이 닿는 모든 회사 동료에게 '죄송합니다. 부득이한 사정으로 늦게 도착할 것 같습니다. 정말 죄송합니다'라고 메시지를 보내고 나면 얼굴이 벌겋게 달아오른다. 그러다 문득 7시 55분, 기이할 정도로 평안해지는 나를 발견한다. 펄펄 끓던 불안과 공포는 기체가 되어 날아가버린 걸까. '아직 8시는 아니니까, 내가 지각한 "상태"는 아니잖아?'라고 상황을 왜곡해버린다. '이러다 100% 늦는다'는 사실이 아니라 '아직 늦은 상태는 아니다'는 현상에 집중하며 잠시 고통을 잊는 것이다.

8시 10분, 아직 한남대교도 건너지 못한 택시 안에서 나는 무한한 평화를 맛본다. '그래 나 늦었다. 어쩔래'라고 혼 잣말을 하며 객기를 부리기도 한다. 이때부터는 시계도 안 보고 핸드폰도 안 본다. 차라리 창밖의 풍경이나 감상한다. 회사에 도착하는 순간, 눈썹을 휘날리며 뛰어 들어가서는 머리를 조아려야 할 테니 지금이라도 잔뜩 여유로울 작정인 것이다. (살짝 정신을 놓은 상태라고 보면 된다. 안 그랬다간, 도착하기도 전에 택시 안에서 졸도했을지도 모른다.)

'지각'이라는 개념을 사계절로 늘어뜨려 대입해 본다. 늦을까 봐 종종대는 구간은 가을에서 겨울로 넘어갈 무렵에 빗댈 수 있겠다. 외투가 두꺼워지고, 낮 시간도 짧아지는데 연초에 세웠던 목표들을 이루려면 시간이 턱없이 모자라다고 느낄 때. 하지만 가을을 지나, 완연한 겨울로 접어들면 오히려 마음에 평화가 찾아온다. 어떤 계획들은 올해 안에는 절대로 해낼 수 없다는 사실이 분명해질 때 누릴 수 있는 해방감이랄까. '절대 불가능'이라고 화끈하게 체념해버리면 그제야 남은 한 해를 안온하게 즐기는 모드로 자세를 바꾸게 된다. 겨울이 우리를 얼마나 너그럽게 만드는지 알 수 있는 대목이다.

올해 작심했던 일들 중에 못다 이룬 목록이 있을 것이다. 괜찮다. 계절은 냉정한 결승선이 아니라 너그럽게 돌고 도는 언결선을 따라 흐르니까. 겨울에 충분히 다독이고 나면, 우리는 새 봄에 다시 마음을 추스르고 목표를 향해 걸어갈 수 있다. 잔뜩 겁먹은 나에게 늦었어도 괜찮으니 가까이 와 앉으라고 했던 선배들처럼, 우리의 불안에도 편히 한숨 돌려도 된다고 따뜻하게 말해주자.

세상 돌아가는 모양이
이해가 될 때

겨울을 좋아하는 이유는 셀 수 없이 많다. 고요해서, 눈이 내려서, 코트를 입을 수 있어서, 자려고 누우면 창밖에 호젓한 바람 소리가 나서, 한 해를 마무리할 수 있어서, 송년회를 해서, 따뜻한 커피를 여러 잔 마실 수 있어서, 밤이 길어서, 아침이 짙어서…. 하지만 뭐니뭐니해도 겨울을 사랑하는 가장 큰 이유는 바로 크리스마스다.

11월 중순부터 집에는 캐럴을 틀어 둔다. 겨우내 캐럴이 흐르도록 해 두고는 사랑하는 이들에게 줄 선물을 구상하고, 키드의 게이그, 와인을 고르며 나는 이전보다 확실히 유쾌한 사람이 된다. 물론 이전보다 유쾌하다는 것이지, 소셜 미디어를 화려하게 장식하는 수많은 사진처럼 흐드러지게 논다는 뜻은 아니다. 나는 강남의 어느 파티 룸을 빌리거나 지인을 100여 명쯤 초대해 성대한 연말 파티를 여는 것과는 거리가 먼 사람이다. 고요하게 차분하게 나답게 환호할 때, 더 진실에 가깝다고 믿는다. 즐거움에도 가짜와 진짜를 구분할 수 있다면 말이다.

나만의 즐거운 겨울은 창고에 넣어둔 소담한 트리를 꺼내 묵은 먼지를 털어내는 것으로 시작된다. 여기저기 여행하며 사 모은 오너먼트를 가지마다 건다. 맨 꼭대기 별은 반드시 아이가 걸어야 한다. 우리끼리 지키는 전통이다. 세 식구가 좋아하는 케이크를 여러 개 사다가 조금씩 먹는다. 남편은 레드벨벳, 나는 몽블랑, 아이는 욜로그.

영화 〈나홀로 집에 1, 2〉도 매년 감상하는데 도둑들이 본격적으로 골탕 먹기 시작할 때, 아이는 늘 지레 겁을 먹고 방으로 들어가 버린다. 매년 아이가 무서움을 느끼는 장면이 점점 줄어들고 있고, 우리는 이를 또 다른 의미의 성장으로 여긴다.

해가 저물어 가면 산타가 먹고 갈 쿠키와 우유를 탁자에 놓아두고, 아이가 잠들면 트리 아래에 선물을 놓아둔다. 쿠키도 한입 베어 물고 우유도 반 정도 마신다. 가가호호 방문하여 선물을 두고 오느라 허기진 산타에 빙의해서 말이다.

다음 날 아침, 잠에서 깬 아이와 함께 선물을 뜯어 본다. 올 한 해도 열심히 산 덕분에 산타가 와 주었다고 우리끼리 자축한다. 산타가 너에게 와 기쁨을 주었듯, 너도 살면서 누군가의 산타가 되어 베풀 줄 알아야 한다는 나름 부모다운 말을 하며 우리는 교회로 향한다. 평소보다 풍요로운 마음으로 성탄 예배를 드리고, 파이프오르간 소리를 들으며 예배당을 나선다. 이렇게 나의 크리스마스는 조금씩 저물어 간다. 매년 그토록 크리스마스를 기다리는 사람치고 별 대단한 걸 하지는 않는 듯 보일 것이다.

그렇다. 나는 나만의 볼륨으로, 나만의 사이즈로, 나만의 공간에서 크리스마스를 즐기고 있다. 이걸로 충분하다. 다른 사람들 역시 따지고 보면 별게 없다는 걸 일찌감치 깨달았기 때문이다. 사람 사는 것이 기본적으로는 다 비슷하고, 알면 알수록 별게 없다는 걸 깨달은 것도 크리스마스 때의 일이다. 누구나 그러하듯 초등학생 시절에는 크리스마스를 가족과 함께 보내다가, 머리가 굵어지고는 친구들과 집밖에서 어울려 놀았다. 엄마 아빠와 크리스마스를 보내는 것보다 친구들과 노는 것이 더 '잘나가는' 것 같았다. 남자친구와 놀기도 했고, 친구들과 떼로 놀기도 하며 청소년기와 청년기의 크리스마스를 '독립적으로' 보냈다.

그러다가 언젠가 다시 가족과 함께 크리스마스를 보내게 되었다. 남자친구와 직전에 헤어지는 바람에 아빠, 엄마, 동생과 집에서 크리스마스를 보낸 것이다. 그날의 어색함이 아직도 기억이 난다. 아버지는 여느 때와 같이 이른 시각에 저녁상을 물리고는 바닥 여기저기를 닦으셨다. 걸레질은 아버지가 퇴근하고 집에 오면 하시는 루틴이었다. 미니멀 라이프가 유행하기 훨씬 이전부터, 아버지는 미니멀리즘을 체화하며 살아오셨다. 크리스마스라고 해서 그 숭고한 의식을 건너뛸 리 없었다. 엄마 역시 모든 접시에서 뽀드

득 소리가 날 때까지 설거지를 해두고는, 드라마를 이것저
것 보다가 이불을 깔고는 조용히 누우셨다. 어린 동생도 부
모님 행동에 맞춰 사부작사부작 오락거리를 즐기다 잠들었
다. '내가 그간 밖에서 크리스마스를 즐기는 사이, 가족들은
이렇게나 평범하게 지내고 있었다니!' 여느 밤과 다를 게
없는 크리스마스 풍경에 적잖이 놀랐다. 혼자만 신나게 놀
고 다닌 것 같아 미안한 마음이 들기도 했고, 뒤이어 '다들
이렇게 사는구나. 평범하게'라는 생각도 들었다. 별안간 제
목을 붙이기 어려운 평안함이 밀려왔다. 직전까지만 해도
이번 크리스마스는 집에서 별 볼 일 없이 보내어 '망했다'는
초조함이 있었는데.

이날의 소소한 충격 이후, 온 세상이 만만하게 보이기 시
작했다. 긍정적인 의미로 말이다. 순간적으로 반짝이는 이
벤트나 때깔 좋은 삶의 모습은 지극히 일부에 불과하고, 그
아래를 지속적으로 떠받치는 것은 평범한 날들이라는 게
보였다. 있어 보이고, 남달라 보이는 사람들도 사실 이 평범
함의 궤적에서 그리 많이 벗어나지 못한다는 것도 조금씩

깨빌났다.

　사회 초년생 시절에 무척 따랐던 선배가 한 분 있다. 선배는 어떠한 일에도 동요하거나 감정을 쏟아버리는 법 없이, 늘 생글생글 웃었다. 누구를 욕하지도, 상황을 탓하지도 않았고, 밝은 얼굴로 주어진 일들을 차근차근 해나갔다. (당시에는 카피라이터 차장님이셨는데, 지금은 한 회사의 대표님이시다. 혹시, 미래에 대한 확신이 있어서 그리도 밝았던 걸까?) "어쩜 그렇게 화 한 번을 안 내고, 많은 일을 다 처리하세요? 스트레스 관리는 어떻게 하세요? 아까 괜찮으셨어요? 제가 다 기분이 나쁘더라고요"라는 물음들에 늘 똑같이 답하셨다. "어느 순간 사람들이 다 귀엽게 보이더라고. 세상 돌아가는 원리를 이해하면 본부장도, 부사장도, 클라이언트도 그냥 다 귀여워."
　그로부터 얼마 지나지 않아 나도 그런 경험을 하게 되었다. 사람이 귀여워 보이는 경험을 말이다. 당시 우리 팀장님과 옆 팀 팀장님은 입사 동기였다. 예전에는 동기애로 똘똘 뭉쳐 으쌰으쌰 했다는데, 이제는 은밀한 경쟁자로서 기 싸

움을 벌이곤 했다. 점심 식사를 할 때면 팀장님은 종종 옆
팀 팀장의 흉을 보았다. 그쪽 팀 점심시간도 크게 다르진 않
았으리라 생각한다. 그런데 어느 겨울, 옆 팀 팀장님이 상무
로 승급되는 일이 발생했다. 아뿔싸, 우리 팀장님의 상사가
된 것이다. 내가 다 초조했다. '은밀한 경쟁자가 상사가 되
었으니, 어떤 심정일까?' 스포츠 경기를 지켜보는 관중마냥
흥미롭기도 했고, 승급에서 밀린 삼촌을 보는 듯 안쓰럽기
도 했다.

　다음 날, 여느 때처럼 점심 식사를 마친 팀장님이 망고
케이크 두 개를 사들고 나타나셨다. 딸아이의 생일인데 요
앞에서 파는 케이크를 가장 좋아한다며 줄을 서서 사셨다
는 거다. 딸이 얼마나 케이크를 좋아하는지 이리저리 설명
이 길어지더니, 어수선한 틈을 타 케이크 하나를 뒷짐 지듯
들고는 신임 상무 방으로 걸어가셨다.

　상사가 된 동기에게 축하 케이크를 건네고 돌아오는 팀
장님의 표정을 더는 똑바로 쳐다볼 수 없었다. 초연한 어른
의 얼굴을 정면으로 바라보지 않는 게 예의일 것 같았다. 축
하 케이크를 사서 건네는 일이 얼마나 내키지 않았을까, 동

시에 얼마나 매끄럽게 해내고 싶었을까. 그 후로도 현실 앞에서 어쩔 도리 없이 나약해지고, 또 귀여워지는 어른의 뒷모습을 종종 발견하며 나 역시 조금씩 늙고 있다.

그래서 또다시 겨울이 참 좋다는 결론에 이른다. 모두가 공평하게 한 해씩 늙고, 쪼그라들고, 귀여워질 수 있으니까. 그런 어른들이 연말을 맞아 삼삼오오 모여 서로를 보듬는 모습은 또 얼마나 사랑스러운가. 나 역시도 연말이면 사랑하는 이들과 모여, 수고 많았노라 서로를 위로하며 부둥켜안는다. 우리의 짙어진 귀여움에 축배를 들며.

결산을 잘 내야
어른

맞닥뜨린 모든 일에서 의미를 구하고, 해석된 메시지를 가슴으로 껴안아 저장해 두는 INFJ. 바로 나다. 나는 주어진 상황의 앞면, 옆면, 뒷면에 적힌 내용은 물론이고, 행간에 숨겨진 암호까지 소화하느라 많은 에너지를 쓴다. 한마디로 골치 아픈 삶이다. 쓸데없는 생각들이 밤새 꼬리를 물고 늘어질 때면, 스위치를 끄듯이 잡념도 팍 꺼버리고 싶다.

미치도록 지루한 어느 날에는, '아, 맞다! 그때 하려고 했던 그 생각들 좀 꺼내서 해보자!'라며 머릿속 선반에 놓인

샵넘 하나를 골라 든다. 귀퉁이를 접어 놨던 페이지를 촤라
락 펼치면 지루할 틈이 없다. 겉으로 보기에는 가만히 앉아
멍 때리는 것 같지만, 나는 '못다 한 생각'을 골똘히 하고 있
는 경우가 많다.

어린 시절부터 나의 공상은 꽤 구체적이었다. '내가 지금
〈개그콘서트〉의 제작진이라면? (당시에 〈개그콘서트〉가 최고
인기 프로그램이었다.) 제작진 중에서도 방송 작가라면? 아이
디어 회의 같은 것을 하겠지? 회의실에 놓인 테이블은 어떤
모양일까? 나는 어떤 옷을 입었을까? 어른이니까 커피를
마시고 있겠지? 개그맨들도 회의에 참석할까? 그럼 내 옆
에 ○○○이 앉았으면 좋겠다. 그럼 난 이런 발언을 하고, 이
런 내용을 노트에 적겠지?' 가능한 한 구체적으로 장면들을
상상하며 스스로를 미래로, 과거로 여행시키다 보면 한두
시간은 금방 흘러갔다. 공상이 샛길로 쭉 달려가는 날도 있
었다. '그런데 일을 마치면 뭘 타고 집에 가지? 내가 운전을
할 수 있나?' 하는 식으로 마구 가지를 뻗을 때는 '뭐 어때,
그냥 생각만 해보는 건데. 자유롭게 해도 되지'라고 길을 열

어주기도 했다.

이렇게 공상에 진심인 나는, 어떤 삶을 살아야 할지도 앞질러 고민했다. '돈을 많이 벌면 되나? 너무 돈만 밝혀도 별로인데. 그럼 엄청 위대한 일을 할까? 그러기엔 나의 균형 잡힌 일상이 소중하단 말이야. 나는 도대체 누굴까? 내 삶은 어떤 의미를 지녀야 할까?' 아무리 생각해도 답이 구해지지 않았다.

그러다가 〈대화의 희열〉이라는 프로그램에서 실마리를 찾았다. 비슷한 주제로 토론하던 중 한 패널이 아무리 생각해도 답이 안 나올 땐, 문제가 잘못된 건 아닌지 점검해 보라고 했다. 그러니까 '삶에 어떤 의미가 있을까?'라는 물음에 쉬이 답을 내릴 수 없는 건, 애초에 숨겨진 의미 따위가 없기 때문이다. 숨겨진 답을 찾을 게 아니라 자발적으로 의미를 붙여줘야 한다는 거다. 이 이야기를 듣고 무릎을 탁 쳤다. 삶에 의미를 찾을 때 필요한 건 MBTI도 아니고, 토정비결도 아닌 나의 능동적인 태도와 결단이었던 것이다.

그런데 어느 날 갑자기 내 인생에 의미를 붙이려니 막막이다. 아직 세상을 다 파악하지 못했는데, 덜컥 인생의 방향을 정하자니 겁이 난다. 그나마 '글'이라는 영역에서 커리어를 키워왔고, 회사에선 총괄 카피라이터로서 밖에서는 에세이 작가로서 활동하고 있는데도 확신이 없다. 친구들과 동료들은 나더러 '전문 분야'가 확실해서 걱정이 없겠다고 말하지만, 나는 여전히 '이 길이 아니면 어쩌지?' 하는 의심을 품는다. 어느 날 불쑥 사업을 해보고 싶다거나, 새로운 분야를 공부해 보고 싶으면 어쩌지? 농사를 짓고 싶다거나, 서울을 떠나고 싶다거나, 아예 새로운 나라에서 새로운 직업을 갖고 살고 싶은 날이 덜컥 찾아오면 어쩌지?

곰곰이 생각해 보면 삶에 의미를 부여하는 것 역시 어느 날 갑자기 악상이 떠오르듯 되는 일은 아닐 것이다. 이토록 복잡한 우리네 인생사가 단칼에 정의 내려질 리 없다. 일상을 성실히, 차근차근 살아가며 조금씩 그려나가는 연속적인 그라데이션에 가까울 테다. 어느 날은 보라색, 다음 날은 파란색, 그다음 날은 빨간색을 띠며 들쭉날쭉 산다고 해도, 그 해의 끝에서 뒤돌아보면 멋진 작품으로 완성되어 있을 그림을 상상해 본다.

그래서 겨울이 오면 능동적으로, 또 종합적으로 삶에 의미를 부여하기 위해 하는 일이 있다. 바로 연말 결산이다. 한 해를 돌아보며 나를 스치고 지나간 수많은 일 중에 소중히 간직하고 싶은 것들을 갈무리하는 것이다. 겨울밤 차분하게 노트를 펴고 앉아 나의 업무에서 의미 있었던 사건 셋, 가족들과 함께하며 뜻 깊었던 순간 셋, 그 모든 소속이나 관계를 떼고 인간 박솔미로서 즐겁고 경이로웠던 경험 셋, 이렇게 아홉 가지를 쓴 다음 그것을 한 줄로 요약해 열 번째 항목을 만든다. 그것이 올 한 해 내가 완성한 그라데이션의 제목이 된다.

예를 들어, 2024년의 나는 회사에서 1. 글로벌 총괄 카피라이터라는 역할을 맡아 다양한 브랜드 메시지를 만들며 세밀하게 업무를 확장해 나가고 있다. 2. 실무를 함께 맡아줄 주니어 카피라이터를 채용해 합을 맞추는 경험을 했다. 때론 리더로, 때론 동료로, 때론 선배로 어떤 자세를 취해야 서로에게 윈윈이 되는지를 여러모로 실험해 볼 수 있었다. 3. 나의 개인기를 활용해 회사의 책을 썼다. 다양한 사람들과 뜻 깊은 대화를 나누며 일과 인생에 대해 배우고, 그것을 책으로 써 내려간 것이나. 중간에 고꾸라질 뻔한 위기도 있었지만 끝까지 마무리해냄으로써 회사로부터는 물론이고 나 자신에게도 크게 인정받았다.

집에서는 1. 학부모 봉사 활동에 최대한 참여했다. 나의 참여도가 높아지니 아이의 자유도 높아졌다. 학교 생활을 잘 모를 때는 내가 놓친 게 있을까 봐 불안해서 아이에게 이것저것 캐물으며 과하게 준비 태세를 취했다. 이제는 내가 학교를 잘 아니까, 아이는 자유롭게 자신의 방식대로 학교생활을 누리도록 놓아줄 수 있게 되었다. 2. 이중언어 생활을 하는 아이가 한국어와 영어 모두 유창하게 커뮤니케이션할 수 있도록 학교에 도움을 요청했다. 아이는 나보다 더 다양한 도구를 갖고 태어났음을 인정하는 순간이기도 했다. 내가 배운 대로만 키우면, 아이는 잘해야 나 정도로 클 뿐이다. 아이가 자신만의 트랙에서 더 멀리 더 높이 날려면 어느 시점부터는 내가 손을 놓아야 한다. 3. 아이가 자신의 새해 소원이었던 '다이빙 잘하는 사람 되기'를 스스로 성취할 수 있도록 도왔다. 수영은 좋아하는데 물속에 머리를 담그지 못해 걱정이었던 아이를 보며, 그 나이 때 나도 느꼈던 열망과 공포를 다시 마주할 수 있었다. 하지만 '맞아, 물이 참 무섭지? 나도 그랬어!'라고 등 두드려주는 걸로는 아무것도 이룰 수 없다. 동네에 무섭지만 실력 좋기로 유명한 선생님을 수소문해 아이를 맡겼다. 아이는 첫날 울면서 헤엄을 쳤지만 지금은 누구보다 멋지게 뛰어들어 물속을 유영한다.

마지막으로 모든 역할과 임무를 내려놓고 자연인 박솔미로서 뜻 깊었던 일은 1. 건강을 되찾기 위해 먹는 양을 줄이고, 커피를 줄이고, 소셜 미디어를 줄였으며, 잠을 늘렸다. 2. 화요일, 금요일에는 테니스를, 목요일에는 필라테스를 꼬박꼬박 했다. 수영도 시작했다. 3. '가치는 스스로 지켜내는 것'임을 깨닫는 계기가 있었는데, 그 후론 나에게 불안감을 심어주며 알아서 기게 만드는 사람들과 거리를 두었다. 누군가에게 굽실대며 그가 원하는 속도로 움직이는 것은 그에게 조종당하는 것이나 마찬가지임을 의식적으로 떠올리며, 더 태연하고 느긋하게 행동했다. 내가 뜻대로 움직이지 않으면, 오히려 상대가 불안을 느낀다. 상황이 역전되는 것이다. (혹시 인간관계로 고생하는 분이 있다면 이 마인드셋을 기억해 두시길. 정말로 효과가 놓나.)

아홉 가지 항목을 늘어놓으니 자연스럽게 2024년에 제목을 붙여줄 수 있었다. 바로 "커리어를 확장하며 글을 쓰는 전문가이자, 아이가 스스로 역량을 키우도록 돕는 엄마, 그리고 자신을 귀하게 가꾸는 사람"이다. 이렇게 올해 365일을 들여 완성한 그라데이션에 제목을 지어주고 나니, 2025년을 어떻게 살아야 할지도 희미하게나마 보였다.

새로운 겨울이 찾아오면, 나는 또 다시 한 해를 결산하고는 제목을 지어줄 것이다. 그 문장을 거울삼아 나와 한 해를 비춰보고 일년치 더 또렷해진 삶의 의미를 쥐고 살아가겠지. 정성을 다해, 능동적으로.

갈무리해 둔
명장면들

　살면서 소중히 캡처해 둔 명장면이 많다. 나는 유난 떨며 삐까뻔쩍하게 장식하거나, 대놓고 폭죽을 터뜨리는 걸 기피하는 편이다. 그래서 내가 꼽는 명장면들은 죄다 어떤 메시지를 던져주는 삶의 소박한 단면들이다. 로맨스물을 볼 때도 그렇다. 드디어 재회한 남녀가 보란듯이 선보이는 키스신은 나에게 하이라이트가 되지 못한다. 그보다는 그를 만나러 가기 전, 느슨해진 운동화 끈을 단단히 묶는 손끝을 담아낸 앵글을 명장면으로 꼽는다. 상황이 너무 드러나면 마음에 오래 담아두고 때때로 재생해 보는 추억의 장면들도 결이 비슷하다. 어린 날의 명장면 중 하나는 아빠와 함께 자장밥을 사 먹었던 날의 기억이다. 당시에는 여느 집이 그러했듯 카드키나 지문 인식 잠금 장치가 없어 집 열쇠를 지니고 다녀야 했다. 식구 수만큼 열쇠가 없을 땐 집 밖에 내둔 화분 밑이나 창틀에 열쇠를 숨겨 놓았다. 집에 가장 먼저 도착한 가족이 열쇠를 꺼내 현관문을 열 수 있도록.

어느 토요일, 학교를 마치고 집에 돌아와 보니 문이 잠겨 있었다. (그렇다. 토요일에도 등교를 하고 출근을 하던 시절의 이야기다.) 늘 숨겨두던 곳에 열쇠가 없어 난감하던 찰나, 토요일을 맞아 일찍 퇴근하신 아빠를 만났다. 핸드폰도 없던 시절이라 열쇠를 갖고 외출해 버린 엄마에게 연락할 방법이 없어 우리는 발을 동동 굴렀다. 그러다가 배가 고파져서 점심이라도 먼저 해결하자며 동네 중국집으로 향했다. 아빠와 단둘이 중국집에 간 것은 그때가 처음이었다.

메뉴판을 보던 아빠는 자장밥을 먹겠노라 선언했는데,

그런 아빠가 어린 나의 눈에 대단히 '직장인' 같아 보였다. 자장'면'도 아니고 자장'밥'이라니! 나도 그러겠노라 복창했고 우리는 자장밥을 한 그릇씩 먹었다. 아직 어렸던 내가 평소에 먹는 양을 잘 아는 엄마였다면 자장밥이든 자장면이든 한 그릇만 시키고 만두나 탕수육 소자를 시켜 나누어 먹었을 텐데. 아빠는 한 그릇을 고스란히 내 앞에 놓으며 "먹을 수 있는 만큼만 먹어라!"고 하셨다. 아빠 나름의 최선을 나에게 베푸셨달까.

점심도 해결했겠다 슬슬 집으로 가볼까 하던 찰나, 아빠가 근처 편의점에 들르자고 하셨다. 우리가 늘 가던 '경인수퍼'가 아니라 아무데나 들어가는 아빠의 모습에 신선한 충격을 받았다. 목욕탕은 대해탕, 슈퍼는 경인수퍼, 약국은 개풍약국, 몸 아플 땐 등외과, 이 아플 땐 모규엽치과. 주로 엄마에 의해 그려진 우리 집 단골 지도에 따라 목적지가 항상 정해져 있다고 생각했는데, 아빠의 몹시도 주체적인 행동에 감탄을 금치 못했다.

'어른이 되면 마음대로 할 수 있구나!'

아빠는 단골 지도 따위는 개의시 않고 편의집에서 비가 나우유를 집어 들며 말했다. "나는 단지우유 먹을 끼다. 니는 뭐 묵을래?"(단지우유는 바나나우유를 이르는 말로, 배가 볼록한 모양이 단지 같아서 붙여진 이름이다). '다른 맛 우유를 사 먹어도 되는 거였어?' 그간 유일하게 허락된 흰 우유가 아니라 단지 모양의 바나나우유를 사 먹을 수 있다는 것도 놀라웠다. 나 역시 아빠를 따라 단지우유를 골라 집으로 돌아왔다.

사건의 발단은 엄마가 열쇠를 가지고 외출해 버렸던 것이니, 문 열린 집으로 우리가 무사히 들어오는 것으로 그날의 에피소드는 완료되었을 거다. 그런데 아빠와 자장밥을 사먹고, 바나나우유로 입가심을 한 이후의 일들은 기억에서 잊혔다. 오직 아빠가 어른으로서 보여준 신선한 행보만이 오래 기억에 남아 나의 어린 시절 명장면이 되었다.

이 기억을 오래 붙잡고 있는 이유는 무엇일까? 아마도 당시 내 정서의 그릇을 가득 채울 만큼의 자유와 풍요를 느껴서일 것이다. 안전한 울타리 안에서 일어나는 유쾌한 소동을 소중한 사람과 함께할 때의 즐거움. 화려한 경험은 아니었지만 나에게는 '순수한 기쁨'으로 분류되어 추억 한편에 저장되어 있는 것이다.

얼마 전 아이와 일본 여행을 다녀왔다. 숙소는 유서와 전통이 깊은 '오쿠라 호텔'로 잡았다. 국빈들이 자주 찾는 곳으로 그만큼 가격도 비싸다. 무리를 해서 이곳에 묵은 건 아이가 공간, 인테리어, 건축에 관심이 많은 눈치여서였다. 일본 전통 건축을 현대적 감각으로 새롭게 구현해낸 공간을 보며 아이가 영감을 받기를 바란 것이다.

여행을 마치고 돌아와 이번 여행에서 무엇이 가장 좋았는지 아이에게 물었을 때, 의외의 대답에 깜짝 놀랐다. 당연히 으리으리한 호텔이 가장 인상적이었다고 말할 줄 알았는데, 아이는 '서서 먹는 라멘집'을 꼽았다. 사회 초년생 시절 일본을 여행할 때 사먹었던 기억이 나서, 시장에 위치한 가게에 가족들과 나란히 서서 라멘을 한 그릇씩 먹었는데 그게 가장 좋았다는 거다. '그럴 리가 없어!'라는 생각에 아이에게 다시 한 번 곰곰이 생각해보라고 했다. 그래도 돌아오는 대답은 같았다.

"서서 먹는 라멘이 너무 좋았어!" 환하게 웃으며 답하는 아이를 보며, 그와 비슷한 나이였을 때 아빠와 함께 먹었던 자장밥과 바나나우유가 생각났다. 아이가 느꼈을 순수한 기쁨이 이해가 됐다. 시장을 구경하다가 즉흥적으로, 심지어는 가게 한편에 서서, 라멘을 먹는다는 것이 아이에게는 유쾌한 일탈이었던 거다. 아이가 여행에서 기대하는 건 값비싼 호텔이 아니라 아빠 엄마와 함께 누리는 순수한 기쁨일 테니까. 우리가 선 채로 허겁지겁 먹었던 라멘이야말로 아이의 기억에 오래 남는 명장면이 되리라.

나의 명장면과 아이의 명장면 덕분에 알았다. 소소한 일상을 오롯이 누리는 것이야말로 인생을 풍요롭게 한다는 것을. 아무리 연봉이 3억이네, 4억이네 해도 집안꼴은 엉망진창이고 이렇다 할 취미도 없이 업무에 치여 늘 숨가쁘게 살아가는 사람을 부러워하지는 않을 것이다. 오히려 당장에 대단한 경력을 가지진 못했더라도 여름에 하는 운동, 가을에 하는 루틴, 겨울에 하는 의식을 누적하며 삶을 나만의 작품으로 디자인해 나가는 사람을 흠선한다. 삶은 규모가 아니라 디테일에 있으니까. 행복은 멀리 있지 않고 곁에 있어야 하며, 즐거움은 화면 밖에 있어야 하니까. 누군가에게 보여주기 위해 캡처하고 편집하는 장면이 아니라, 오직 나 자신을 위해 필터 없이 기록하고 저장하는 명장면으로 삶은 뜻깊어진다.

2006년 겨울,
그해의 갈무리

좋아하는 것을 마음껏 좋아하며 살았는지
헤아려보기에 딱 좋은 계절, 겨울.

내가 나의 풍요를 말할 때 흔들림이 없는 이유는
매년 겨울, 내가 좋아하는 삶의 디테일들을
단단히 쌓아왔기 때문이다.

이를테면...

* 안락하게 정돈된 나의 책상과 침대

* 귀퉁이가 제법 접힌 소설책

* 받아 적어 둔 대사가 있는 드라마

* 음미하고 또 음미하는 노래 가사

* 아침마다 딱 한 잔, 공들여 내린 커피

* 폭신한 뭉게구름을 다 함께 감상했던 낮

* 우아한 손톱달을 홀로 넋 놓고 보았던 밤

* 티를 우려내듯 푹 녹아드는 반신욕

* 내가 만족할 만한 이유로 수고로운 하루

* 공동체를 위해 잘 쓰인 나의 기술

* 이유 없이 배우는 운동, 목적 없이 즐기는 악기

* 힘껏 껴안으며 안부를 묻는 친구

* 다른 이의 소식에 함께 기뻐하는 순수한 마음

* 분명히 좋은 예감이 드는 나 자신

언 땅을 일구는
하얀 소

마지막 페이지를 덮고도 오래 마음에 남는 책이 있다. 김연수 작가님의 《청춘의 문장들》이 그러하다. 가장 애정하는 부분은 서문인데, 여기서 작가는 자신을 도넛에 비유한다. 도넛이 빵집 아들로 자란 자신을 정의할 수 있는 최선의 방법이라고 밝히며.

그는 가운데가 뚫린 채로 태어나 공허한 자신의 내면을 사랑으로, 배움으로, 다른 어떠한 것으로든 채우려고 애써 온 날들을 돌아보며, 빈 공간이 채워지는 순간 자신의 정체

성도 사라진다는 걸 깨달았다고 고백한다. 억지로 구멍을 메우면 도넛은 더 이상 도넛이 아니기 때문이다. 그 이야기를 보며 많은 생각을 했다. 나는 과연 무엇일까에 대한 답을 구하기 위해. 꽈배기? 소시지빵? 아니면 우아하게, 포카치아? 마들렌? 빵으로는 나 자신을 비유할 길을 찾을 수 없었는데, 내게는 본질적으로 빵에 빗댈 역사가 없기 때문이다.

카피라이터 인턴을 하며 만난 선배이자, 내가 많이도 좋아하며 이것저것 배웠던 김민철 작가님 또한 비슷한 방식으로 자신을 비유하는 글을 썼다. 피아노 선생님 딸로 자란 자신에 대해 내릴 수 있는 정의는 바로, 흑건이라고. 명쾌하고 발랄한 음을 내는 하얀 건반이 아니라 반음씩 기울어져 어딘가 서정적이고 호젓한 소리를 내는 검은 건반이 자신을 온전히 받아들이는 비유라고 했다. 검은 건반만 타건하며 연주하는 쇼팽의 에튀드 '흑건'의 선율이 얼마나 아름다운지도 언급하면서. 타고난 자신의 음색을 잘 연주하는 일이 얼마나 찬란한지도 알려주었다.

이 글을 읽자마자 나도 내 자신을 악기에 비유해보려고 했다. 바이올린 연주를 꽤나 한 사람이니, 바이올린 활? 어깨받침? 아니면 활에 묻히는 송진으로 나를 빗댈 수 있지 않을까 고심했지만, 역시나 마땅한 비유를 찾지 못했다. 오랜 취미 이상의 깊은 뿌리가 나와 연결되어 있어야 가능한 일이었다.

자신을 절묘하게 빗댈 아이디어가 없었던 나는 결국 전통 빅데이터의 힘을 빌리기로 했다. 사주를 본 것이다. 내 생년월일시를 건네받은 이들은 신기하게도 공통된 비유를 들어 나를 설명했다. 언 땅에 묻힌 다이아몬드 혹은 예리한 얼음 칼날. 최근에 본 사주에서는 겨울 땅을 가는 하얀 소에 비유됐다. 어쩐지 나는 겨울 땅에 묻힌 보석으로 태어난 것만 같았다. (그 와중에 가장 좋아 보이는 비유를 골라들었다.)

겨울 땅에 묻힌 보석으로 태어난 내가 해야 할 일은 무엇일까? 얼음이 녹을 때까지 속에 숨겨진 것을 지켜야겠지. 안에 어마어마한 것을 품고는 얼어붙어 있는 사람으로서, 나를 꼭 닮은 계절을 지켜보는 것은 매우 흥미롭다. 어째서 내가 이토록 점잖고, 담백하고, 서늘한지 알 것 같기 때문이다. 그래서 나에게 겨울은 운명처럼 친밀한 계절이자, 그 자체로 의미가 되는 시간이다.

어쩐지 그간 나의 모든 것이 퍼즐처럼 명쾌하게 맞춰지는 듯했다. 어딜 가든 간결하고 우아하게 굴며 저쪽 한 구석에 점잖게 서 있었던 이유. 밖으로 나가 어울리기보다는 언 땅을 일구어 내면에 품은 것을 꺼내는 일에 진심이니까. 생존에 도움이 될 만큼만 어울리고 얼른 나의 자리로 돌아와 할 일에 집중했다. 내 안의 귀한 것이 다치지 않도록 섬세하게 얼음을 녹이는 마음으로 글을 쓰기 위해.

글이라는 속성에 견주어 보니, 겨울 땅을 일구는 흰 소야 말로 나라는 존재와 찰떡이다. 빈 종이 위에 문장을 써나가는 일은 황무지를 경작해 나가는 것과 닮아 있다. 완성 단계에 이른 글들은 저마다 다른 형태를 갖춘다. 보고서일 때도, 영상일 때도, 프레젠테이션일 때도 있다. 홈페이지에 걸린 배너일 때도, 종이 위의 편지일 때도, 제법 두꺼운 책일 때도 있다. 그러나 쓰는 과정에서는 다 같다. 아무것도 쓰이지 않은 하얀 페이지 위에 한 글자 한 글자 검은 글씨를 써나간다. 한 걸음 한 걸음 소가 땅을 일구듯 한 줄 두 줄 채워지는 문장은 하얀 눈 위로 드러난 검은 흙 같다. 뽀얗게 남겨진 행간은 밭고랑 같기도 하고.

밭고랑 위아래로 빼곡히 심겨진 검은 활자들. 그것들을 이어 문장을 쌓고, 문단이라는 구획을 일군다. 종으로 횡으로 생각이 잘 영글었는지도 살핀다. 글이 어느 정도 익었다 싶으면 베어다 한 단씩 엮는다. 그것이 책이든, 광고든, 보고서든, 그 무엇이 되어 누군가의 일용할 양식으로 쓰일 거란 생각에 보람차다.

나를 가장 나답게 하는 나의 업. 얼어붙은 겨울 땅을 빼닮은 빈 종이에서 이 모든 것이 시작된다고 생각하니 겨울과 더 가까운 사이가 된 기분이다. 이 계절을 껴안는 심정으로 오늘도 흰 소와 같은 눈망울로 빈 문서에 글자들을 심는다. 글을 일궈내는 기쁨이 내 생에 주어짐에 감사하며.

입이 얼어붙은 이들에게

나는 말수가 적은 편이다. 확신이 들 때까지 속내도 잘 보여주지 않는다. 사람들에게 친절하려고 노력은 하는 편이라 주로 웃고 있지만, 본심은 아직 경계 중인 경우가 많다. 말을 많이 한 뒤에 밀려오는 헐벗은 느낌을 정말이지 싫어한다. 최근까지도 유난히 말을 많이 한 날이면 일기장에 '말을 줄이자'라고 다짐을 써 넣었다. 그래서일까. 고요한 겨울의 모습을 한 나에게서 때때로 마른 가지가 바람에 부딪는 소리가 난다는 사람도 있다.

신입사원 시절에는 과묵한 나 때문에 선배들이 전전긍긍할 때가 많았다. 자고로 신입의 역할이라 함은 통통 튀는 말투로 요즘 유행하는 재미난 것들을 알려주며 팀에 활력을 불어넣는 것인데, 나는 그 어떤 임원보다도 말을 아꼈다. 웃고 떠들며 까부는 사람들로 가득한 광고회사에서 말이다.

　어느 날은 팀장님이 회의실로 조용히 나를 부르시더니 진지하게 물으셨다. "솔미는 원래 그렇게 말이 없니?" 돌이켜보면 이건 질문이 아니라 명령에 가까웠다. 말도 좀 하고 까불어보라는 뉘앙스였는데, 내가 이렇게 교묘한 질문에 능수능란하게 대처할 요령이 있을 리 없다. "네, 원래 말이 없습니다"라고 했어야 했나. 아니면 "죄송합니다. 말이 없어서"라고 용서를 구했어야 했나. 그저 입을 더 꾹 다물 뿐이었다.

　나를 지켜주려는 선배들은 "경상도 사람들이 그래요. 우리 아빠가 부산 사람인데 밥 먹을 때 말 한 마디도 안 하잖아요. 그래도 이런 사람들이 나아요. 말 많으면 피곤해~"라고 나의 과묵을 편들어줬다. 그럴 때면 배시시 웃어 보이는 것으로 고맙다는 뜻을 전했지만, 속으로는 '경상도라고 다 똑같은 거 아니거든요? 경상북도와 남도는 하늘과 땅 차이라고요'라고 대꾸했다. 실제로 그러하다. 경상남도 사람이 대문자 E라면, 경상북도 사람은 대문자 I이다. 경상남도 사람들을 기가 센 장사꾼 혹은 호방한 사업가에 비한다면, 경상북도 사람들은 유배당한 선비 혹은 고집불통 샌님에 비할 수 있다. "니 지금 뭐라 캤노. 확 마 디비뿌까!(너 방금 뭐라고 그랬어? 다 뒤집어엎어 볼까?)"라며 으름장을 놓는 건 경남 사람, "식사하셨능교. 은제요. 아입니다(식사는 하셨습니까? 아뇨, 아닙니다. 괜찮습니다)"라고 한발 빼며 속으로 곪는 것은 경북 사람이다.

어쨌든 나의 침묵을 인정해 준 분들께 감사하다. 이들 덕분에 젊은 시절의 나는 무사히 과묵할 수 있었다. 돌아보니, 혀뿌리까지 재미있는 농담이 차오른 적도 있었지만 그것을 차마 밖으로 꺼내는 게 힘들었던 것 같다. 생각나는 대로 다 말해 버리는 건 어쩐지 무례해 보였다. 말을 거르고, 타이밍을 살피다 그만 할 말을 놓쳐 버리기 일쑤였다. 어쩔 도리 없이 입은 꾹 다물되, 행동을 재빠르게 해내는 것으로 사회

척 몫을 다할 수밖에. 말이 없다고 눈치까지 없는 건 아니니까. 덕분에 나는 상대방에게 맞장구를 치고 미소로 화답하며 고개를 끄덕이는 일에 능하게 되었다.

말을 잘하는 사람보다 잘 들어주는 사람이 더 환영받는다는 것도 깨달았다. 떠벌리기 좋아하는 사람은 어느 집단에나 있고, 그 말 많은 이에게 반드시 필요한 사람이 바로 자신의 말을 들어줄 사람이니까. 어느 수다스런 선배는 나의 보조 역할이 퍽이나 마음에 들었는지, "솔미야, 너 그 캐릭터 유지하려면 말을 앞으로 더더욱 안 해야 돼. 유니크하잖아!"라고 조언하셨다. 그의 요점은, 타고난 과묵함을 애써 깨뜨리려고 자신을 괴롭지 말라는 것이었다. 타고난 과묵함을 좋은 방향으로 강화해 '굿 리스너'로 자리매김하라고.

굿 리스너로 사는 것도 나쁘지 않다. 속에 있는 것을 다 발산하고 비워낼 때 만족하는 사람이 있는가 하면, 모든 메시지를 수렴한 뒤 버릴 건 버리고 담을 건 담으며 정돈하는 기쁨을 누리는 사람이 있다. 각자 타고난 기질 그대로, 서로 보조를 맞추며 함께 잘 살 수 있다.

나의 타고난 역할에 대해 생각할 때면 떠오르는 노래가
하나 있다. 바로 김국환이 부른 〈아빠와 함께 뚜비뚜바〉이
다. 신입 시절, 한 선배가 아이디어 회의 때 가져와 알게 된
노래 가사이다. 아빠와 아들이 이야기를 주고받는 구성인
데, '어떻게 하면 잘 살 수 있어요?'라는 아들의 질문에 아빠
가 대답하는 식이다. 지금까지도 나에게 큰 힘이 되어주는
구절을 소개한다.

"네가 가진 노래를 부르려마. 난 미리 걱정하지 않는단다."

카피라이팅 강연 자리에서, 소중한 이에게 따스한 조언
을 건네며, 스스로를 격려하며, 나는 이 가사를 읊는다. 내
가 앞으로 어떻게 살아야 할지, 당신이 어떻게 살기를 바라
는지, 또 내 아이는 어떻게 키워야 할지에 대한 완전한 해답
이라고 확신하기 때문이다.

저마다 타고난 노래를 불러야 한다. 남이 부르는 노래 주
위를 기웃거릴 필요가 없다. 남들이 노래 부르는 걸 구경만
하다 이번 생을 마칠 순 없지 않은가. 좋아 보인다는 이유로

남의 노래를 훔쳐 부르는 실수를 범해서도 안 된다. 내가 아무리 잘 '따라' 부른다 해도 그것은 엄연히 남의 노래다. 남의 노래를 모사할 때의 평가 기준은 오직 하나다. 얼마나 원작자와 '비슷하게' 부르는지.

내가 나의 노래를 부를 때는 걱정이 없다. 내가 곧 기준이 되기 때문이다. 〈아빠와 함께 뚜비뚜바〉에서 아빠가 아들에게 '네가 가진 노래를 부르려마'라는 말은 눈치 보거나 평가당할 걱정 없이 주체적으로 살라는 명확한 주문이다.

내키지 않는 자리에서는 입이 얼어붙는 사람으로 태어났지만 걱정이 없다. 나만이 부를 수 있는 노래가 있으니까. 남의 말을 귀담아 듣고 메시지를 분별해 나만의 해석을 덧붙이는 것, 그것으로 유일한 이야기를 한 문장 한 문장 써내려가는 것. 내가 가진 재주만으로도 인생은 충분히 흥겹다.

마음을 보려면,
겨울 여행을

　여름에 떠나는 여행이 '발산'이라면, 겨울에 떠나는 여행은 '수렴'이다. 여름에 훌쩍 떠나는 사람은 스트레스를 다 태워 날려버리는 데 목적이 있다면, 겨울에 여행을 나서는 사람은 자신을 가만히 들여다보고는 어지러운 데를 가지런히 정리하려는 의도가 있다. 나는 겨울 여행을 선호하는데, 가장 많이 찾은 여행지는 단연 일본이다. 가까워서 비행시간을 아낄 수 있다는 장점도 있지만, 눈 나리는 일본 특유의 정서가 여행의 목적에 꼭 맞기 때문이다.

남편과 연애하던 시절부터 일본은 단골 여행지였다. 일부러라도 이런 말은 피하고 싶지만 살아보니 진실이라 할 수밖에 없는 말이 하나 있는데, 결혼은 한 번쯤 해보면 좋다는 것이다. 비혼주의인 사람을 쫓아다니며 결혼을 권유하고 싶진 않지만, 할까 말까 고민한다면 하라고 권한다. 누군가에게 홀딱 반하고, 서로 시그널을 맞추어 관계를 맺고, 정식으로 결혼식을 치르고, 함께 삶을 꾸리는 일련의 과정은 생애에 큰 영향을 미친다. 인생을 걸고 경험해 봄직한 일이라고 믿는다. 그런 만큼, 남편과 연애할 때부터 또 지금까지도 함께하는 겨울 여행은 내게 뜻깊다.

연애하던 시절의 삿포로는 눈으로 뒤덮여 공기마저 몽환적이었다. 우리 사이를 더욱 고운 빛으로 들여다보는 것은 물론, 남자친구가 가진 특징들을 애정 어린 시선으로 하나씩 살펴볼 수 있었다.

그는 말로 마음을 투명하게 내놓는 사람이었다. 앞과 뒤가 다르지 않았다. 나와는 반대였다. 나는 할 말을 바로 꺼내지 못하고 묵혀 두었다가 구린내가 날 때쯤 겨우 꺼내드는 타입이다. 그래서일까? 정반대의 성격을 가진 남편이 좋아 보였다. 남편 역시 상대를 배려하며 완급을 능숙하게 조절하는 내게서 매력을 느꼈는지도 모른다. 그렇게 우리는 눈 내리는 이국의 도시에서 서로를 거울삼아 스스로를 비추어 보았다.

여행을 오가며 남편과 내가 다른 점을 하나 더 발견했다. 남편은 삶의 디테일에 욕심을 낸다는 것이다. 그는 삿포로라는 도시를 돌아보면서도 세밀하게 자신의 취향까지 챙겼다. 스스키노에서 보아야 할 것과 먹어야 할 것을 세세히 정했고, 반경을 넓혀 오타루, 비에이에 가서는 무엇을 살펴보고, 어떤 사진을 찍어야 할지 고심했다. 그야말로 '디테일을 즐기는' 사람이었다. 반면 나는 그저 '삿포로에서 여행 중인 나 자신'을 느끼기만 하면 그만이었다. 괜찮은 감각과 생각 두어 가지를 얻으면 그걸로 충분했다.

한 사람은 무엇이든 정통으로 마주하는 것에 익숙하고, 한 사람은 웬만하면 무심하게 지나가는 것이 편한데도, 둘은 서로에게서 사랑을 확신했다. 사랑이란, 어쩌면 나에게 없는 점을 넘치도록 가진 상대에게 무한한 흥미를 느끼는 일인지도 모른다.

우리의 차이는 결혼을 하고서도 지속적으로 드러났다. 남편은 여전히 삶의 디테일을 지킨다. 겨울에 먹어야 하는 것, 봄에 가야 하는 곳, 여름에 해야 하는 일, 가을에 누려야 하는 문화가 있다. 그것도 아주 세세하게. 자신의 삶에 새로운 문화 하나를 들여놓을 때도 자세히 살펴보고 기준에 맞는 좋은 것으로 고른다. 대충 하는 법이 없다. 집에 식물을 들여놓을 때도 나무와 화초에 대해 면밀히 조사하고는, 공간과 취향에 가장 어울리는 것으로 골랐다. 레이아웃을 고려해 크고 작은 화분들을 알맞은 자리에 배치했고, 계절에 따라 볕이 드는 곳으로 옮겼다. 반면에 나는 그런 수고로운 일을 굳이 왜 하는지 이해를 못 한다. 기본적인 것만 지키고 나면 나머지는 최대한 무심하게 해결하는 것에 익숙하기 때문이다. 식물을 두고 의식처럼 수행하는 그 모든 동작에는 하나하나가 고생스러워 혀를 내두른다.

우리는 커피를 즐기는 방식도 다르다. 그는 제대로 된 커피 머신을 갖추고, 때때로 라떼를 즐기기 위해 거품 내는 기계도 따로 구비해두었다. 매뉴얼에 따라 커피 머신을 청소

하고, 심지어는 전용 청소 도구도 마련해뒀다. 나는 최대한 간결한 방법으로 커피를 즐긴다. 가게에서 원두를 살 때부터 핸드 드립용으로 분쇄해 온다. 집에서 뜨거운 물만 내리면 빠르게 드립 커피를 추출해 마실 수 있다. 심지어 남편은 산미가 있는 커피를 선호하는 반면, 나는 무난하고 맑은 커피를 좋아한다. 맛에 있어서도 남편은 최대치의 킥이 느껴져야 한다고 믿고, 나는 스르륵 넘어가는 쪽을 선택하는 것이다.

부부가 이렇게나 다르다니 재밌지 않은가. 차이점은 연애를 할 때 서로를 끌리게 했고 결혼 이후에는 서로를 보며 배우게 한다. 삶의 풍요가 자신의 기호와 취향을 정성껏 돌보는 데서 온다는 것을 남편을 통해 배우며 인생의 재미를 알아가고 있다.

그중 하나를 소개하자면, 질 좋은 양말을 챙겨 신는 것이다. 여러 의복과 착장 중에서도 가장 무심하기 쉬운 곳부터 하나씩 챙겨가는 거다. 계절마다 더 신을 양말과 더는 못 신을 양말을 분류하고, 조금씩 더 마음에 드는 양말로 업그레

이드해 나간다. 바지 밑단 아래로 슬쩍 보이는 양말에까지 신경 쓴다는 것을 자신에게 꽤 정성을 쏟고 있다는 표식으로 여기면서 말이다.

반신욕을 주기적으로 하는 것도 삶을 세밀하게 즐기는 방식 중 하나다. 과식을 했거나 피로한 날에는 반신욕을 한다. 찻잔에 담긴 티백처럼 속에 쌓인 것들이 밖으로 빠져나가는 형상을 떠올리면서. 15분만 지나도 땀이 뻘뻘 나는데, 열이 최고조로 올랐을 때 찬물로 씻어내면 얼마나 상쾌한지 모른다. 심장이 쿵쾅대며 강도 높은 운동을 한 듯한 효과도 얻는다.

몸을 식히고는 묽은 바디로션을 바르거나, 은은한 미스트를 몸 구석구석에 뿌린다. 나는 시트러스 계열의 향을 좋아하는데 몸 전체에 은은하게 퍼지는 오렌지, 귤, 자몽류의 상큼함은 나를 종일 즐겁게 한다. 겨울철에는 코코넛 오일을 섞어서 바른다. 피부를 건강하게 유지하는 것 또한 자신을 잘 돌보는 사람이 살뜰하게 챙기는 일 중 하나라고 여기기 때문이다. 몸 곳곳을 오일로 문지르며 굳은 어깨, 딱딱한 팔꿈치, 볼록한 아랫배를 매만지는 것은 내 정신, 의지, 감정이 머무르는 곳을 소중히 돌아보는 일이기도 하다.

아마 혼자였다면 평생 모르고 살았을 '잘 사는 방법'을 하나씩 마련해 가는 중이다. 이 모든 경험을 선사해준 겨울의 삿포로에 감사한다.

우리는 지금까지도 겨울이면 종종 삿포로에 들러 그날, 그때의 정취를 흠뻑 들이마신다. 둘이서 들렀던 카이센동 가게에 아이를 데려가서는, 그때 우리가 결혼해 낳은 아이가 이만큼 컸다고 주인 부부에게 인사를 한다. 갓난아이였던 딸이 내 품에 안겨 울어댔던 오오도리 공원을 이제는 함께 손잡고 거닐며 "네가 어렸을 때 여기에서 얼마나 크게 울었던지, 너를 안고 호텔까지 한달음에 뛰어갔어. 아빠는 엄마가 그렇게 빨리 달리는 걸 처음 봐서 깜짝 놀랐대!"라고 얘기해 주며 웃는다. 삶의 디테일을 깊게, 더 깊게 새기며 나와 우리의 삶을 가꾼다.

가능하다면 애틋한 누군가와 함께 차분한 겨울 여행을 해보기를 권한다. 먼 곳에서 가장 가까운 너와 나를 깊이 헤아려보는 경험을 할 수 있다. 서로의 방식을 가만히 들여다보는 여행. 나에게 넘치는 것과 그에게서 가물어가는 것을 발견하며 우리가 지금 함께인 이유를 깨닫는다면, 겨울 여행이 가진 미덕을 다 누린 셈이다. 삶은 디테일에, 사랑은 겨울 여행에 있다.

겨울엔 러브레터,
여름엔 라스트 레터

겨울이 오면 어김없이 보는 영화가 있다. 열 번이 뭐야, 스무 번도 넘게 보았지만 여전히 다시 보고 싶은 겨울 영화. 바로 이와이 슌지 감독의 〈러브레터〉다. 지난겨울에도 남편, 아이와 함께 소파에 나란히 앉아 〈러브레터〉를 감상했다. 아이는 제 수준에 맞는 즐거움을 찾아 자리를 이탈해 버렸지만 말이다.

우리 부부에게 〈러브레터〉를 감상하는 일은 겨울마다 치르는 숭고한 의식이다. 눈 덮인 일본 홋카이도의 소도시, 오타루를 배경으로 펼쳐지는 이야기를 보고 있노라면 공식적으로 겨울의 문을 열고 입장하는 기분이 든다. 가와바타 야스나리의 소설 《설국》의 첫 문장 "국경의 긴 터널을 빠져나오자, 설국이었다"처럼.

여름에는 같은 감독의 다른 영화인 〈라스트 레터〉를 감상한다. 〈라스트 레터〉에는 일본 영화 특유의 저녁매미 울음소리가 내내 흐르며 여름의 서정에 깊이를 더한다. 우리 가족에게 〈러브레터〉는 겨울로, 〈라스트 레터〉는 여름으로 가는 길인 셈이다.

〈러브레터〉는 한국에서 개봉할 당시 대히트를 한 만큼, 나와 동년배인 한국인이라면 줄거리를 익히 알 것이다. 사랑하는 남자친구가 겨울 산을 오르다 낙상 사고로 사망하고, 그의 기일마다 슬픔에 잠기는 한 여인의 이야기로 시작된다. '남자친구'라는 단어 앞에 굳이 '사랑하는'이라는 전제를 붙인 까닭은, 짐작건대 여자 주인공이 남자친구에게 상대적으로 더 많이 애정을 쏟았기 때문이다. 남자친구의 기일을 기리던 주인공은 우연히 그의 본가에서 중학교 졸업 앨범을 발견한다. 그리고 남자친구가 살던 옛 주소로 편지를 보낸다. 수신인에게 닿을 리가 없는 편지였는데, 놀랍게도 답장이 도착하며 이야기가 입체적으로 전환된다.

후지이 이츠키. 남자친구는 당시에 동명의 소녀와 같은 반이었다. 남자친구가 아닌, 동명이인의 주소로 편지를 잘못 보낸 탓에 중학교 때부터 그 집에 살던 그녀에게로 편지가 도착했다. 고인이 된 남자친구를 잊지 못하는 여인. 그 남자친구와 같은 이름을 가진 여인. 둘 사이에 편지가 오가며, 한쪽은 남자친구의 중학생 시절 이야기를 전해 듣게 되고, 다른 한쪽은 동명의 소년과 주고받았던 풋풋한 감정을 회상하게 된다.

이 페이지를 넘기고 있는 모두, 올겨울 〈러브레터〉를 다시 감상해 보시길 바라며 더 이상의 설명은 생략하겠다. 다만 깊이 다뤄보고 싶은 점은 감독이 영화에서 제법 많은 시간을 할애해 '중학교'라는 공간을 조명한다는 것이다. 나 역시 '중학생 시절'을 돌아보며 많은 추억을 떠올렸다. 마냥 어리기만 했던 초등학생 시절을 지나 도착한 완전히 새로운 세상. 저 너머 어른의 세상을 향해 달려가고 싶으면서도 아직은 순수함에 지배당하던 그때의 우리는 모두 빛났고, 원하는 건 무엇이든 꿈꿀 수 있는 자유로운 존재였다.

여름 영화 〈라스트 레터〉에서 감독은 고등학교 시절에 대해 이야기한다. 〈라스트 레터〉의 주인공은 〈러브레터〉의 주인공들보다는 나이가 많다. 40대 중후반의 인물들이 그들의 학창시절을 추억하는 내용이다. 우울증을 앓던 언니가 스스로 세상을 등진 뒤, 언니 앞으로 온 고등학교 동창회 초대장. 동생은 언니의 소식을 알릴 겸 대신 동창회에 나간다. 사실 언니와 같은 학년이었던 동아리 선배를 오래 짝사랑했는데, 그를 볼 수 있을지 모른다는 마음도 있었다.

언니는 학교에서 알아주던 스타였다. 학생회장으로 활동할 만큼 씩씩했고, 누구나 좋아할 만한 매력적인 외모도 지녔다. 모두가 빛나는 학교라는 공간에서 가장 빛나던 존재였던 언니. 여동생이 짝사랑하던 선배도 언니를 짝사랑했을 정도다. 언니는 졸업식에서 학생 대표로 기념 연설을 했는데, 영화에서도 여러 번 등장하는 연설문의 내용은 스스로 죽음을 선택한 그녀의 결말과 대조된다.

스스로가 얼마나 찬란하게 빛나는지 누구보다 잘 알던 사람. 그 타고난 빛을 따라 대학생이 되고, 어른이 되어 세상에 나가면 위대한 일들을 해내리란 확신이 있었을 사람. 그녀가 마주한 현실이 꿈꾸던 것과 많이 달랐기 때문일까? 아니면 기대에 미치지 못하는 어른이 되어버린 자신이 비참해 견딜 수 없었던 걸까? 〈라스트 레터〉를 처음 본 날, 나는 그녀가 왜 세상을 등졌는지 짐작해보려고 꽤 오랜 시간 생각했다. 때때로 그녀가 졸업 연설문을 낭독하던 장면과 사라진 어른이 되어 버린 장면 사이를 오가며 여운을 곱씹는다. 어쩌면 어른이 된 그녀를 더욱 비참하게 만들었지도 모를 졸업 연설문을 여기에 소개한다. 그토록 빛나던 내가 겨우 이 정도의 어른이 되었다는 현실이 선명히 드러날 때마다 아팠을 그녀를 기리며.

"오늘 우리들은 졸업식을 맞이했습니다. 고등학교 시절은 우리에게 있어 아마도 평생 잊을 수 없는, 무엇과도 바꿀 수 없는 추억이 될 것입니다. 장래의 꿈이 무엇인지, 목표는 무엇인지 묻는다면 저는 아직 아무것도 떠오르지 않습니다. 하지만 그래도 괜찮다고 생각합니다. 우리의 미래에는 무한한 가능성이 있고, 셀 수 없을 정도로 많은 인생의 선택지가 있겠지요. (…) 이 자리에 있는 졸업생 한 사람, 한 사람은 지금까지도 그리고 앞으로도 그 누구와도 다른 자신만의 인생을 걷게 될 것입니다. 꿈을 이루는 사람도 있겠지요. 이루지 못하는 사람도 있을 겁니다. 괴로운 일을 겪게 될 때, 살아가는 일이 고통이 될 때, 분명 우리는 몇 번이고 이 장소를 떠올릴 것입니다. 자신의 꿈과 가능성이 무한하게 여겨졌던 이 장소를. 모두가 한결같이 소중하게 빛나고 있었던 이 장소를."

글을 여기까지 써놓고는 차마 마침표를 찍지 못했다. 꽤 오래 찝찝했다. 아무리 겨울 책이라도, 독자들에게 우울함을 떠넘긴 채로 에세이 한 편을 마무리하는 것은 도리가 아니라는 생각에서였다. 글을 매듭지을 방법을 찾던 찰나, 광고 카피 하나가 떠올랐다. 시세이도라는 일본 화장품 브랜드 광고인데, 카피라이터 신입 시절에 따로 필사해뒀을 만큼 좋아했다. 한동안 잊고 지냈는데도 불현듯 생각이 난 걸 보면 나 역시 〈라스트 레터〉의 연설문이 가져온 적막에서 스스로를 구원할 방법을 찾고 있었나 보다.

소개하려는 광고의 장면은 이렇다. 동창회에서 반갑게 인사하며 웃는 중년 여성들. 다양한 얼굴들 사이에 한 문장이 있다. 나는 이것이야말로 인생의 정답이라고 생각한다.

20년째 동창회. 인생의 정답은 여러 개가 있다고 생각한다.

저마다의 길, 아름답게.

2011년 겨울,
그해의 갈무리

불만을 늘어놓는 사람에게 삶은 한낱
골칫덩어리에 불과하고
애처로운 사연만 헤아리는 사람은
눈물바다를 벗어날 수 없다.

그래서 겨울엔 최대한 반짝이는
눈으로 명장면을 꼽는다.
절묘했던 명장면이 넘쳐나는 한,
올해는 내게 작품으로 남을 테니.

장면 1

어느 겨울, 대학교 졸업식.
5년 전 처음 상경했던 날이 문득 떠올랐다.
'서울'과 '대학'에서의 생활이 꿈만 같아서
여기저기 올려다보며 구경하고 싶었는데,
그 모습이 자칫 촌스러울까 봐 발밑만 보고 걸었다.
서울 그리고 대학이 무섭기도 했다.

그래도 자신이 있었다.
내가 가진 꿈, 나만의 빛깔, 타고난 재능과 키워온 열의.
내 안에 있는 것들을 믿으며 캠퍼스를 누비기 시작했다.
동아리, 학생회, 이중 전공, 해외 연수, 인턴십 그리고 취업.
또래보단 늦었지만 막판엔 연애도 했다.

학사모를 쓰고 다시 돌아본 캠퍼스는 이제
올려다볼 필요도 없이 한눈에 다 들어왔다.
그리고 깨달았다. 더 이상 무섭지 않다는 것을.
서울도, 대학도, 앞으로의 날들도.

장면 2
그해 겨울, 그룹 신입사원 연수장.
고생이 뻔한 일 앞에 다들 눈치 보며 나서기를 주저했다.
불현듯 용기가 치밀어 손을 들었다.
"제가 시작해 볼게요."

언젠가 본 영화 속 주인공처럼
또각또각 무리를 가르며 무대로 걸어 나갔다.
칠판에 구조도를 그리며 역할을 나누었다.
아무도 나에게 자격을 주진 않았지만,
누구도 말릴 자격이 없다고 생각하며.
살아온 날들로 이미 자격은 충분하다고 믿으며.

그날, '하면 된다'는 걸 알게 되었다.
중간에 우여곡절은 있을지라도 말이다.
세상에 무슨 일이든, 하면 되고 안 하면 안 된다.
자고로 주인공은 일단 하는 법이다.

원단이 좋은,
우아한 겨울 코트

　누구에게나 생산성을 올리기 위해 듣는 노동요가 있다. 트로트를 틀어 놓아야 기분 좋게 손님을 맞이할 수 있는 마트 사장님도 있고, 잔잔한 클래식을 들어야 안전하게 버스를 운행할 수 있는 기사님도 있다. 무한 루프로 이어지는 로파이 힙합을 들어야 코딩이 잘되는 개발자도 있다. 회의실 테이블 위를 나뒹구는 말도 안 되는 키워드들을 주워 담아 한 단락의 깔끔한 글로 정리하는 일을 14년째 하고 있는 나에게도 노동요가 있다. 몇 년째 알람으로도 쓰고 있는 음악인데, 바로 쇼팽의 '폴로네이즈'다. 폴로네이즈는 원래 폴란드의 전통 무곡으로, 폴란드 출신 작곡가 쇼팽이 이 전통 춤곡을 피아노 독주곡으로 발전시켰는데 그중에서도 작품번호 53번, '영웅 폴로네이즈'는 강렬하고 화려한 선율이 특징이다.

쇼팽의 영웅 폴로네이즈이기만 하면 되느냐고 묻는다면, 절대 아니다. 오직 조성진 피아니스트가 연주하는 영웅 폴로네이즈만이 내가 노동을 이어갈 수 있는 연료다. 사실 그의 연주는 나에게 노동요 이상의 역할을 한다. 주어진 임무를 '어떻게' 수행해 나갈 것인지를 공감각적으로 일깨워주기 때문이다. 내가 누리는 감각을 오직 활자로만 설명해야 하는 이 책에서 조성진의 영웅 폴로네이즈가 가진 위대함을 온전히 서술하는 건 불가능하다. 하지만 시도해 보겠다. 이 음악의 힘을 빌려 쓴 글로 삶을 영위하고 있는 입장이니 그에게 이렇게라도 감사를 표해야 한다.

조성진의 피아노 연주는 너무나도 아름다워서 그와 비슷하게나마 살아보고자 꿈꾸게 한다. 그의 연주를 한 번 듣고,

다른 피아니스트의 연주를 비교하며 들어보라. '궁극적인 세련'이 무엇인지를 알게 될 것이다. 겨울 코트라고 해서 다 같은 코트가 아니라는 것을 알았을 때의 충격과 비슷하달까. 누군가는 묘기를 부리는 마술사의 얼굴로 요란하게 두드려대는 반면, 조성진은 맑고 영롱한 기운을 음 하나하나에 실어 나르면서도, 행여나 그 과정에서 음표가 터져버리진 않을까 섬세하게 터치한다.

특히 그는 영웅 폴로네이즈의 특색인 아르페지오, 즉 화음을 구성하는 음들을 동시에 연주하지 않고 일부러 순차적으로 연주하는 기법을 기가 막히게 구현한다. 한 건반에서 다른 건반으로 넘어갈 때의 타이밍에서 결정적 세련미를 선보인다. 전문 리뷰에서는 '아티큘레이션'이 훌륭하다고도 평하는데, 연속적인 음들을 재량껏 잇고 끊는 묘가 경지에 이르렀다는 얘기다. 소리가 나열되는 순서는 작곡가인 쇼팽이 결정한 것이지만, 각 소리가 등장하는 순간을 조절하는 것은 연주자의 몫이다. 조성진이 그 간격을 세밀하게 계산하는 것인지, 아니면 타고난 우아함으로 저절로 그렇게 치는 것인지는 잘 모르겠다. 어쨌든 나는 백 번 천 번을 감상해도 미묘한 선율에 매번 감탄한다.

"그래, 바로 이 아름다움이다. 나도 이런 기품으로 살고 싶어."

나는 그의 선율을 끌어다 나의 글을 점검하는 데 활용하곤 한다. 세밑마다 회사 이름으로 임직원에게 전하는 연하장을 쓸 때도, 글로벌 런칭을 앞둔 광고 캠페인 카피를 다듬을 때도 그의 선율을 엄격한 기준선으로 삼는다. 내 손끝을 거친 글에는 나의 해석과 기품이 담겨 있어야 한다는 사실을 스스로에게 상기시키는 것이다.

살면서 누구나 한 번쯤은 방향을 잃는다. 그래도 지향점이 있는 한 다시 길을 찾을 수 있다. 당장 도착할 순 없어도, 조금씩 발걸음을 옮겨가며 원하는 바에 가까워질 수 있도록 돕는 지향점. 무엇이든 지향점이 될 수 있다. 롤모델로 삼을 만한 인물도 좋고, 문학 작품의 한 글귀도 좋다. 마음을 울리는 미술 작품이어도 좋고, 나의 경우처럼 누군가의 연주일 수도 있다.

나는 우리 모두가 지향점을 가져야 한다고 주장할 때면,

질 좋은 겨울 코트에 빗대어 설명하곤 한다. 원단이 좋고, 천박한 꾸밈이 없으며, 과하지도 빈하지도 않도록 도톰하게 지어진 겨울 코트. 꿈꾸던 대로, 전체 기장과 깃의 폭, 단추의 여밈과 어깨의 핏이 딱 떨어지는 그런 코트 말이다.

완벽한 겨울 코트에 단점이 있다면, 터무니없이 비싼 가격이겠다. 그런 점에서 코트는 지향점과 같은 역할을 한다. 당장 사 입을 순 없더라도 내후년쯤에는 저 코트를 입겠다는 마음을 먹으며 살게 되니까. 올해는 아쉬운 대로 비슷한 코트를 사 입고, 내년에는 거의 유사한 코트를 입으며 버텨낸다. 중요한 것은 꿈의 겨울 코트를 마음에 품고 사는 동안 그 코트를 입음직한 사람처럼 숨쉬고, 걷고, 말하게 된다는 것이다. 사실 그 순간부터 그 브랜드, 그 디자이너, 그 코트와 나는 각별한 사이가 된다.

나에게 조성진의 영웅 폴로네이즈가 그러하다. 내가 쓰는 글은 아직 그의 연주에 비할 수 없지만, 그의 연주를 지향점 삼아 언젠가는 비슷한 감동을 주는 날이 오도록 노력은 해볼 수 있다. 내가 사는 모양이, 내가 쓰는 글의 결 어딘가가 그의 선율과 닮도록 애쓰는 일. 그 자체만으로도 나는 어떠한 면에서는 그의 연주를 소유한 셈이다. 황송하게도 말이다.

그가 제17회 쇼팽 국제 피아노 콩쿠르에서 우승한 것도 벌써 9년 전의 일이다. 그 말인 즉슨, 내가 9년 내내 그 소리를 좇아 살고 있다는 뜻이다. 그의 연주를 듣고 있는 지금 이 순간에도, 나는 '천의무봉天衣無縫'이라는 단어를 떠올리며 방향을 다잡는다. 봉제한 흔적이 없을 만큼 완벽한 옷이라는 이 표현은, 그의 음악이 전해주는 감동을 내가 꿈꾸는 겨울 코트에 빗대는 징검다리 역할을 한다.

우아한 형태로 완벽하게 지어진 겨울 코트 한 벌을 마음속에 품는 것만으로도, 사계절 내내 왠지 모를 자부심을 가질 수 있다. 실제로 소유할 수 없다 해도, 온 마음으로 감각할 수 있는 우아한 지향점이 나에게 있으니까.

겨울 아침의
짙은 성실함

나는 아침에 일찍 일어나는 편이다. 아이가 학교를 다니는 학기 중에는 아침 6시에 일어나야 한다. 더 누워 있고 싶지만 부엌으로 가 불을 켜고, 인덕션에 작은 솥을 올려 간단한 식사를 만든다. 잠을 깨기 위해 실시간 뉴스 채널을 크게 틀어 놓기도 한다. 마트에서 산 누룽지를 몇 조각 끓이거나 김 싼 밥을 만든다. (김밥이 아니라, 김으로 싼 밥이다. 냉동밥을 데워서 조미김으로 대충 싼 것이다.) 그러는 동안 10분 간격으로 시계를 본다. 아무리 늦어도 55분에는 아이를 깨워서

교복을 입혀야 하기 때문이다. 적절한 요깃거리가 담긴 소담한 접시 세 개를 식탁에 올려두고는 아이 책가방에 넣어줄 스낵 박스를 싼다. 귀여운 캐릭터가 그려진 작은 도시락통에 과일과 빵을 한입 크기로 썰어 넣고는 나도 출근할 옷으로 후다닥 갈아입는다. 머리도 곱게 묶고, 화장도 좀 하면 이제 7시 15분. 아이 손을 잡고 아파트 밑으로 내려가면 노란 스쿨버스가 이내 도착한다. 아이를 향해 손을 흔들고는 그 길로 출근해서 회사 책상에 앉으면 8시. 아침에 눈을 떠 두 시간 만에 아주 많은 일을 해낸 기분이다.

회사 노트북을 켜고, 창 너머 한강을 내려다보며 차 한잔을 마실 때 계절의 변화를 읽는다. 창밖을 내다보는 시각은 늘 비슷한데, 눈에 비치는 빛과 구름, 한강의 텍스처, 여의도 공원의 모양과 색깔은 계절마다 다르다. 특히 겨울에는 아직도 해가 다 뜨지 않아 어둑하고, 어느 날에는 공원에 하얀 눈이 소복이 쌓여 있다. 저 멀리 국회의사당의 둥근 지붕도 감상하고, 마포대교를 오가는 차들도 살피며 차분하게 시간을 누린다. 그래봐야 10분 정도. 회사 메일을 열어 밤사이 쌓인 메일을 읽으며 우선순위를 정해 처리하기 시작한다. 진득하게 실컷 일하고도 시계를 보면 오전 10시 반이니 시간 부자가 된 기분이다.

빠르게 처리할 수 있는 일들은 이미 끝내 놓았고, 본격적으로 고심해야 할 업무들만 남을 즈음 점심시간이 된다. 친애하는 동료들과 점심을 먹고 돌아오면, 오후에는 한 글자 한 글자 고심하며 썼다 지웠다 하는 소위 '끌로 파는' 업무를 한다.

오전 업무보다 오후 업무에 시간도 에너지도 더 많이 쓴다. 유난히 어렵고 복잡한 메시지를 작업해야 하는 날이 있는데, 단단히 잘못 걸린 날에는 한두 단락을 손보는 데도 몇 시간씩 허비한다. 그래도 오후 시간을 천천히 누리며 스스로 만족할 만한 글을 쓸 수 있어서 나는 기꺼이 이 일을 한다. 이 작업들을 음미하며 즐기기 위해, 기계적으로 빠르게 처리할 수 있는 일들을 오전에 다 끝내놓는 것이다.

일에 심취하다 보면 5시 30분, 소위 '퇴근송'이 울린다. 오늘도 효율적으로 최선을 다해 일한 당신, 어서 퇴근하라는 내용의 유쾌 발랄한 퇴근송이 건물 전체에서 울려 퍼지는데, 처음에는 도통 적응이 안 됐다. 이렇게까지 적나라하게 퇴근을 장려하는 회사는 처음이었기 때문이다. 그럼에도 처음에는 슬금슬금 눈치를 보느라 바로 퇴근하진 못했는데, 이제는 퇴근송이 울리자마자 외투를 챙겨 입고 회사를 나온다. '이 퇴근송은 대한민국 노동의 역사에 길이 남을 창작물이야'라고 감탄하며.

저녁이 되면 우리 가족은 다시 식탁에 마주 앉는다. 아이의 숙제를 봐주기도 하고, 밀린 대화도 하고, 저녁 뉴스나 클립도 함께 보며 하루를 천천히 마감한다. 무사히 하루를 마쳤음에 감사하면서 말이다. 아이가 자고 나면 나도 책을 좀 읽다가 일찍 자고 다음 날도 일찍 일어난다. 이 안온한 리듬에 몸을 싣고 나는 묵묵히, 또 성실히 살아가고 있다.

겨울 아침에는 아직 달이 휘영청 떠 있는 하늘을 보며 자신감도 생긴다. '잘 살고 있어. 최선을 다하고 있고, 충실히 해내고 있어.' 날것 그대로인 24시간이 나를 관통하고 나면 반듯하게 개어져 선반 위에 차곡차곡 놓인다는 확신. 이 확신은 내가 나 자신에게 주는 무한한 응원과 용기가 된다. 특히 부모가 되고 나면, 이 '잘 살고 있다는 감각'은 더없이 중요하다. 이것이 곧 정확한 의미와 패턴으로 짜인 삶의 모양을 아이에게 물려주고 있다는 만족감의 다른 이름이기 때문이다.

아이에게 물려줄 수 있는 것 중에 가장 위대한 것이 '개인의 문화'라고 생각한다. 하루를 대하는 태도, 계절을 보내는 문화, 한 해를 아카이브하는 방식 등 개인의 문화와 역사가 쌓여 나다운 인생이 완성되는데, 이것의 기본 뼈대가 바로 어린 시절의 생활이라고 여긴다. 어렸을 때부터 여름이면 서핑을 즐기는 가족 문화를 향유한 사람은, 어떠한 변화가 찾아와도 여름이면 파도를 타는 것이 익숙한 삶을 살게 된다. 회사에서 잘리고도 '나는 여름에 서핑을 한다'는 정체성을 잃지 않고 파도를 타는 지인을 보며, 정서적으로 충만했을 그의 어린 시절을 짐작할 수 있었다. '잠깐의 고용 불안정 따위는 그가 살면서 지속해 온 문화를 해칠 수 없구나. 아름다운 인생이다'라고 생각했다.

이는 내 개인의 삶에도 그러한 서정이 있는지를 돌아보

는 계기가 되었는데, 나이가 들어서 삶의 방식을 리노베이션하기란 쉽지 않다는 걸 깨달았다. 틈만 나면 늘어져서 배달 음식이나 시켜 놓고 유튜브를 보던 사람이 어느 날 갑자기 나만의 계절 스포츠와 계절 문학, 계절 음료를 즐기는 사람으로 바뀔 순 없는 노릇이다. 이것저것 잠깐씩 시도해볼 순 있겠지만, 10년, 20년 넘게 지속적으로 삶의 모양을 잡아나가려면 엄청난 에너지와 노력이 필요하다.

그래서 수고스럽더라도 겨울이 오면 트리를 꺼내어 이나라 저 나라에서 모은 오너먼트를 건다. 꼭대기에 별을 다는 일은 아이의 역할로 구분하고, 가까운 친구들에게 손수 'Happy New Year!'라고 카드를 써 우체통에 넣게 해주고, 최애 케이크를 사다가 크리스마스 전용 접시에 담아 준다. 눈이 내리면 누가 먼저랄 것도 없이 겨울 부츠를 신고, 털 모자를 쓰고 나가 눈사람을 만든다. 아이는 머리를 굴리고, 나는 몸통을 굴린다. 해마다 더 야물어진 손끝으로 눈을 제법 크게 굴려내는 아이에게 감탄하면서. 눈이 넉넉히 쌓인 날은 북촌의 정독도서관으로 간다. 도서관 앞 정원이 근사한데 눈 오는 날이면 인적이 드물어 화단에서 겨울 풍경을 오롯이 만끽할 수 있다. 폭신한 눈밭에 누워 아이와 함께 팔다리를 마구 휘저어 스노우 엔젤을 만들기도 한다. 아이가 겨울을 정서적으로 풍요롭게 보내는 법을 몸에 익히도록 돕는 일은, 실은 나 자신을 위한 가장 쉬운 단계의 리노베이션이기도 하다. 아이의 친밀한 동반자로서 나 역시 9년째 찬란한 겨울을 누리고 있으니 말이다.

최근에는 아이 덕분에 십 몇 년 만에 제주도로 여행을 갔다. 아이가 겨울 방학을 맞아 가고 싶은 곳으로 무려 '제주도'를 꼽았기 때문이다. 그리고 보니 국내여행보다는 해외여행을 선호했던 우리 부부는, 아이를 데리고 일찍이 삿포로, 교토, 오사카, 도쿄는 물론이고 파리, 발리, 치앙마이로 여행을 다녔다. 게다가 싱가포르에서 3년을 살다 왔는데 정작 제주도에는 가보질 않았다. 아이가 없었더라면 여전히 선택지에 없었을 제주도에 도착할 무렵, 아이 덕분에 내 경험의 폭도 넓어진다는 걸 체감했다.

제주에서 겨울을 보내며 나와 아이는 새로운 리추얼을 만들었다. 저녁마다 나란히 앉아 하루를 몇 줄로 요약해 보는 것이다. 오늘과 내일 사이에, 내가 나를 위해 정성 들여 써 주는 응원 한 페이지인 '일기'는 내가 어른이 되고는 잃어버린 습관이자, 아이에게 꼭 만들어 주고 싶었던 문화였다. 아이 입장에서는 엄마도 함께 공들여 하는 일이니 게임처럼 즐길 수 있고, 나 역시도 아이에게 본보기가 될 겸 하는 일이니 끈기를 붙일 수 있었다. 덕분에 작심삼일을 면치 못했던 '일기 쓰기'는 진득한 습관으로 자리 잡았다.

오늘까지도 우리는 매일 일기를 쓴다. 나 자신에 대한 애정으로 남기는 페이지를 매일 쌓아가는 사람과 그렇지 않은 사람 사이에는 분명 차이가 있을 테다. 지금은 비록 한 장 차이일지라도 세월이 쌓이면 엄청난 역사가 되겠지. 아니면 또 어떠랴. 우리가 무언가를 정성껏 함께 하는 것 자체로 행복한데. 소중한 사람과 소중한 문화를 시작하게 해 준 겨울 제주에 두고두고 감사하다.

울기 딱 좋은 날씨

아이를 낳아 키우며 알게 됐다. 울음이란 슬픈 감정의 부산물로서 눈가에 맺히는 물방울이기 이전에 절실한 커뮤니케이션 도구였음을. 생긋거리던 갓난아이가 갑자기 자지러지게 울음을 터뜨리면 이유는 대개 셋 중 하나다. 배가 고프거나, 똥오줌을 쌌거나, 자세가 불편하거나. 방금 우유를 먹였고, 기저귀도 갈았고, 뽀송한 옷을 입고 편히 누워 있는데도 울음이 길어진다면? 들쳐 업고 병원으로 뛰어야 한다. 그때부터는 의사 선생님만이 울음을 해석해 낼 수 있다. 부모라면 우는 아이를 들쳐 업고 산발로 응급실에 가 본 경험이 있을 것이다. 나 역시 울며불며 응급차를 부른 적이 있었는데, 당시 의료진이 딱 봐도 알겠다는 표정으로 "첫째죠?"라고 묻던 게 눈에 선하다. 별일 아니라는 말투 덕분에 나는 놀란 가슴을 쓸어내릴 수 있었다.

태어나 고작 세 가지 이유로 울어대던 인간은 해가 다르게 성장하며 점점 세밀하게 나뉘고 복잡해진 이유들로 울기 시작한다. 서운해서, 질투가 나서, 감동받아서, 억울해서, 웃겨서, 포기하고 싶어서, 포기할 수 없어서, 쟤 때문에, 너 때문에. 그리고 나 때문에 운다. 더 이상 배가 고파서, 대소변 때문에 혹은 자세가 불편해서 울진 않지만 그 외의 온갖 이유로 운다. 문제는, 어른이라는 체통을 지키려면 아무도 보지 않는 데서 몰래 울어야 한다는 거다. 울어야 하는 사정은 전보다 훨씬 많아졌는데 대놓고 울 장소가 없다니 참 곤란한 일이다.

길에 아이 여럿이 놀고 있다고 상상해보자. 어린아이 여럿이 어울려 한두 시간 놀다 보면 한 명은 꼭 울음을 터뜨리기 마련이다. 따돌림당해서, 넘어져서, 장난감을 뺏겨서, 놀림을 당해서… 아이들은 마음이 상하면 바로 운다. '주변의 어른들아, 어서 나를 구해줘'라고 울부짖으며 구조 요청을 하는 거다. 아이의 울음소리를 들은 어른들은 사이렌 소리를 들은 것마냥 달려와 사태를 해결한다.

문득 이런 생각을 한다. 이렇게 아무데서나 울어대던 아이들이 어른이 되어서는 다들 어디서 울고 있는 건지. 나처럼 수돗물을 시끄럽게 틀어놓고는 눈물을 삼키고, 변기에 앉아 연신 물을 내리며 눈물을 닦고, 돌아누워서는 베갯잇을 적시며 꺽꺽대고 있는 걸까?

그렇다면 어른들에게 울음이란 더 이상 언어가 아닌 게다. 오히려 누구에게도 들켜서는 안 되는 치부에 가깝다. 방귀나 트림처럼 당연한 생리현상이지만 되도록이면 시치미를 떼야 하는 행동처럼. 그래서 우리의 울음은 멀리 퍼져나가지 못하고 오직 울고 있는 자신만이 보게 된다.

나의 경우, 어른이 된 이후로 내 울음소리가 전혀 귀엽지 않다는 걸 알았다. 나에게서 떨어져나간 울음소리가 내 귓

114

속으로 돌아와 울릴 때, 그것은 '응애 응애' 하는 귀여운 소리가 아니라 '그어억 그어억' 하는 동물의 포효에 가까웠다. 안에서 곪고 썩은 무언가가 토해져 나오는 것처럼.

삶이 너무 버거웠던 해, 나는 많이도 울었다. 모든 일이 힘에 부쳐 다정히 인사를 건네는 사람들마저도 내 체력을 앗아가는 훼방꾼처럼 보였다. 어느 날은 아무리 힘을 주어 돌려도 병뚜껑이 꿈쩍하지 않았다. 짜증이 치밀어 올랐다. 빠르게 달려 나가도 모자랄 만큼 할 일이 쌓여 있는데, 고작 병뚜껑 하나 따지 못해서 멈칫하는 게 분했다. 비트코인이니 챗GPT니 온갖 기술이 등장하는 마당에 뚜껑은 여전히 힘주어 돌려 따야 한다는 것조차 나를 열받게 했다. 물병을 바닥에 내던져 버리고는 깨달았다. 병뚜껑은 아무 죄가 없다는 것을. 폭발 직전의 상태로 살고 있었는데, 마침 비협조적인 병뚜껑을 만나 버튼이 눌린 것이다.

우아하고 격조 높은 생활은 결국 넉넉한 체력에서 시작되는 것임을 깨닫고 한동안 손놓고 있던 필라테스에 다시 등록했다. 물론 운동을 다시 시작하는 것만으로 모든 문제를 뿌리 뽑을 순 없었다. 적응 기간에는 오히려 상태가 악화

115

되는 듯했다. 플랭크 자세를 하려는데 또 화가 났다. 병뚜껑 때문에 약이 올라서 물병을 집어 던졌던 때처럼 마음에 날이 섰다. 다만 이번엔 무엇을 집어 던져야 할지 판단이 서질 않았다. 내 몸뚱어리를 집어 던져야 하나 고민하던 순간, 선생님의 "버티세요. 10초만 채우면 돼요"라는 말에 눈물이 터졌다. 그 '버티라'는 주문이 지친 나를 강타해버린 것이다. 더 이상 어떻게 버티라는 건지, 억울하고 서러워 울고 말았다.

살면서 한 번도 책임과 의무를 내려놓은 적이 없었다. 계획 없이 놀아재낀 적도 없고, 대책 없이 탕진해본 적도 없다. 학업을 마친 후로는 바로 취업을 했고, 지금까지 성실히 일하고 있다. 돈만 번 것도 아니다. 그 와중에 사명감을 찾아 커리어를 가꾸고, 또 교양과 낭만을 갖춘 사람으로 살려고 부단히 노력했다. 어떤 각도에서 바라보아도 빠지는 데 하나 없도록 성실히 살고 있는데, 왜 나는 계속 버텨야만 하는 걸까. 그게 너무 억울한 나머지 10초만 더 버티라는 주문에 터져버린 것이다.

돌아보니 10대 시절보다 20대 때 많이 울었고, 20대보다도 30대에 들어서 더 많이 울었다. 울음 끝에는 매번 삶의 지혜가 하나씩 늘었으니 울었던 날들이 허투루 날아가 버리진 않았다고 위로해본다. 양파는 보기보다 미끄러워 꽉 잡고 썰지 않으면 손가락도 함께 썰 수 있다는 것을 한바탕 울고 나서 알았다. 멀쩡히 살다가도 통장 잔고가 텅텅 비는 날이 찾아온다는 것도 엉엉 울고 나서 알았다. 몇 천 명이 함께 일하는 회사에서 단 한 명 나를 돕겠다는 이가 없어 고립될 수 있다는 것도 실컷 울고 나서야 알았다.

정말 중요한 교훈도 울음 끝에 얻었다. 다른 사람의 마음에 들기 위해 살면 안 된다는 교훈이었다. 한때 상사가 속이 훤히 보이는 야비한 전략을 자주 짜오길래, 썩 내키진 않았지만 그의 마음에 들 만한 노림수가 있는 전략을 작성해 보고서를 올렸던 적이 있다. 그는 이건 좀 아니라는 투로 선을 그었다. 도대체 이런 양심 없는 기획을 어떻게 생각해 낸 거냐고 비아냥댔는데, 당신 입맛에 맞춘 거라는 말은 차마 할 수가 없었다. 결국 보고서를 작성한 사람은 나였으니, 억울하더라도 비난을 견뎌야 했다. 스스로에 대한 확신이 없어서 남의 마음에 맞춰 행동하기로 결정한 건 나니까. 덕분에 이제는 안다. 성공을 해도 내 결정 끝에 성공해야 기쁘고, 망해도 내 선택을 따라 망해야 억울하지 않다는 것을.

　몰래 훔치는 눈물이 벌어다 주는 삶의 지혜로 버티며 산다. 하나 다행인 것은 나만 그런 게 아니라는 사실이다. 많은 어른이 실은 나처럼 몰래 울며 산다.

　이런 어른들을 위해 내가 그간 울면서 터득한 요령 중 무척 쓸모 있는 사실 하나를 알려주겠다. 눈가에 바세린을 듬뿍 바르고 자라는 것이다. 눈이 너무 부어서 다음 날 출근이 걱정될 때, 이대로 출근해서 동료들을 깜짝 놀라게 할 바에야 하루 병가를 내고 드러눕는 게 낫겠다 싶을 때 정말 유용하다.

　어느 날 불현듯 떠오른 아이디어다. 과학 시간에 배웠던 '삼투압' 현상이 생각나, 마침 눈에 들어온 바세린을 미심쩍어하면서도 눈두덩에 발랐다. 그리고 다음 날 아침 유레카를 외쳤다. 정확히 삼투압의 원리인지는 모르겠으나 나는 산뜻하게 잘 마른 눈으로 출근할 수 있었다. 꾸덕한 바세린 때문에 베갯잇은 끔찍이도 눅눅해졌지만 말이다.

　겨울은 울기에 참 좋은 계절이다. 마른 나뭇가지가 차가운 바람에 마구 흔들리는 소리마저 누군가의 울음소리를 닮았다. 오늘 밤은 누구의 차례일까. 홀로 숨어 광광 울음을 터뜨릴 어른 한 명을 생각한다. 나일 수도 있고, 당신일 수도 있다. 우리 중 누구도 눈물이 줄줄 흐르는 짙은 밤을 피할 순 없을 거다. 이제 와서 눈물 흘릴 일 없이 명랑한 얼굴로만 사는 것은 불가능하다. 다만, 언제라도 울어야 할 때가 오면 묵은 때를 벗기듯 속 시원히 울어 보시길 바란다. 우리에겐 바세린이 있다.

2019년 겨울,
그해의 갈무리

당신이 의도하든 의도하지 않든
아이를 키우는 일은 어른이 된 자신을
다시 한 번 잘 키워보는 일과 동시에 일어난다.
아이와 나를 위해 하나씩 쌓아가는
계절 이야기.

우리, 겨울을 세밀하게 경험해 보자.
이 계절을 긴 축제라고 생각하고
천천히 음미하며 충분히 즐기자.

우선, 일 년 내내 거실 선반에 꽂혀 있던
찰리 브라운의 재즈 캐럴 앨범을 틀어 볼까.
시기에 맞게 꺼내 덮는 겨울 이불처럼 반갑고 포근하지.
기분에 따라 어떤 캐럴이든 자유롭게 틀어도 돼.
빙 크로스비 같은 클래식 앨범도 좋고,
머라이어 캐리처럼 신나는 멜로디도 좋지.

트리에 걸어 둔 오너먼트들도 감상해 봐.
우리가 여행한 모든 도시의 이야기를 담고 있어.
서로 안 어울리는 듯하지만,
걸어두면 절묘하게 조화를 이룬다.
우리 가족처럼.

엄마와 아빠는 그간 아껴 둔 와인과 위스키를
이 계절만큼은 마음껏 잔에 붓는다.
그러니 너도 좋아하는 케이크를 즐겨 봐.
아빠는 레드벨벳, 엄마는 몽블랑,
너는 율로그 케이크를 주로 고르는데
어쩐지 각자의 특성이 느껴진다.
올겨울에는 몇 조각을 먹게 될까?

눈이 내리면 누가 먼저랄 것 없이
털모자를 쓰고 부츠를 신고는 밖으로!
눈덩이를 굴려 눈사람을 만들고,
이때만큼은 바닥에 누워 날갯짓을 해도 된다.
아무 걱정도, 계획도 없이 실컷 자고 일어나면
트리 밑에 놓인 선물을 풀어볼 차례.
착하고 성실한 아이였든, 그렇지 못한 날들이 있었든,
너는 선물을 받을 자격이 있지.
산타는 너그러운 사람이란다.
너는 이미 충분한 존재이고.

하지만 명심해야 할 것은,
이 세상 어딘가엔 우리만큼
겨울을 즐기지 못하는 사람도 있다는 사실이다.
태어난 순간 이미 충분했음에도 불구하고
아무 선물도 받지 못한 어린이들도 있다.
그래서 우리는 누군가의 산타가 되어야 해.
어떠한 방식으로든 도움을 주어야 한다.
어른이 된 네가, 누군가의 산타가 되는 일을 마땅히 여긴다면,
내가 성실히, 또 정성껏 겨울들을 지내온 보람이 있겠다.

계획보다 위대한
뒷수습

회사 생활 14년 차에 접어들었다. 2011년 제일기획에 카피라이터로 입사했고, 2017년 애플 코리아로 옮겨 콘텐츠 에디터로 일했다. 2020년 애플 싱가포르로 건너가 여러모로 커리어를 이어갔다. 2022년 겨울, 다시 한국으로 돌아와 LG전자 글로벌 총괄 카피라이터로 일하고 있다. 운이 좋게도 삼성, 애플, LG가 일하는 방식을 모두 경험한 셈이다.

세 회사는 확연히 구분되는 점이 있다. 각각의 특성을 사람에 빗대어 보면 차이점이 금방 와닿을 것이다. 삼성은 똑똑하고 공부도 잘하는 모범생에 가깝다. 자기 관리도 철저한 타입인데, 매사에 애쓰는 모습이 훤히 드러나 존경은 하되 사랑까지 하기에는 어쩐지 내키지 않는다.

애플 역시 똑똑하고 실수나 실례를 범하는 법이 없다. 게다가 유머 감각이 있고 패션 감각도 좋고 그 모습이 자연스럽기까지 하다. 안쓰러울 정도로 노력해서 재능을 얻었다기보다는 끼를 타고난 것 같다. 그래서 셀럽을 추앙하듯 졸졸 따르게 된다. 나에게 윙크라도 한 번 날려주는 날에는 영혼을 빼앗겨버린다. 다만 미국 사람이라 그런지, 내 말을 전혀 못 알아듣고 있다는 느낌을 줄 때가 있다.

그런가 하면 LG는 인간적이다. 긴장을 풀고 곁에 앉아 어깨에 기대어 쉴 수 있다. 생각지도 못한 사이에 내 삶 깊은 곳에 닿아 함께 어우러져 살아가는 느낌이다. 물론 말하지 않아도 내 마음을 다 알아주는 관계에 필수적으로 따라오는 느슨한 텐션은 어쩔 수 없다.

세 회사의 이미지는 천차만별이지만 결국은 사람이 모여 일하는 곳이라 기본 메커니즘은 비슷하다. 우선, 세 회사 모두 '보고 체계'를 갖고 있다. 팀장, 매니저, 헤드, 상무, 디렉터 등 내가 보고하는 대상의 직책을 이르는 명칭이 다를 뿐, 나는 윗사람에게 '할 일'과 '한 일'에 대해 반드시 보고를 해야 한다. 내가 설립한 회사가 아니므로 상사의 허락 없이는 아무것도 할 수 없다.

보고 일정에 맞춰 업무를 하나둘 해나가다 보면 직장인 특유의 상실감을 맛보기도 한다. 반짝이는 아이디어로 가득했던 나의 기획이 무수한 보고를 거치며 처음의 빛을 잃어가는 경우가 허다하다. 혹시 모를 위험 요소를 줄이고 안정적으로 운영되도록 아이디어를 수정하다 보면, 누구에게도 나쁘진 않되 누구에게도 좋지 않은 맹숭맹숭한 결과물이 된다.

보고 체계 자체가 나쁘다는 뜻은 아니다. 여러 피드백을 수렴하는 과정에서 한 개인이 내다보지 못한 위험 요소를 줄일 수 있고, 덕분에 프로젝트에 관련된 모든 사람을 보다 안전한 결과로 데려갈 수 있다. 하지만 전에 없던 신선하고 파격적인 무언가를 세상에 내놓을 확률은 필연적으로 줄어든다.

이름만 대면 누구나 알 만한 글로벌 기업 세 곳에서 14년 간 일해본 나의 결론은, 계획보다 수습이 위대하다는 것이다. 회사에서 하는 여러 업무 중 의외로 고난도에 해당하는 건 '수정'과 '수습'이다. 획기적인 아이디어를 테이블 위에 올려놓으려면 천재적인 능력과 기지가 필요하다. 하지만 그 아이디어를 실행해내는 끈기가 없다면 회사는 돌아가지 않는다. 계획 그대로 무사히 실행하는 것이 이렇게까지 어려울 줄은 나도 몰랐다. 과연 이걸 알고도 회사 생활이란 걸 시작했을까.

　나의 계획대로 모두를 일사불란하게 움직이게 하는 것이 얼마나 어려운 일인지. 우리 팀과 옆 팀의 생각이 어쩜 그렇게 다르고, 우리 부서와 옆 부서의 이해관계가 어찌나 다른지. 14년째 새롭게 배우는 심정으로 회사를 다닌다. 특히 실무진의 자리에서 검토할 수 있는 영역과 상무, 전무, 대표 등 임원진의 위치에서 내다보는 너비는 너무도 다르다. 내가 서울 정도를 본다면 임원들은 한반도 전체를 살피는 거나 다름없다.

　업무와 관련된 전문 지식이나 스킬은 내가 더 많이 갖고 있을진 몰라도, 앞으로 내려질 결정이 회사에 미칠 영향이나 파급력을 헤아리는 건 그들이 전문이다. 그래서 보고를 진행할 때마다 전혀 생각지 못했던 부분에서 수정 사항이 생긴다. 수정을 거듭하다 보면 영 엉뚱한 방향으로 일이 흘러가기도 한다. 하지만 내가 원하던 방향이 아니었다고 발을 빼며 도망갈 수도 없다. 어떻게든 끝까지 해내는 대가로 월급을 받고 있으니 말이다.

망할 것 같다는 예감이 드는 바로 그 시점에 얼마나 맑은 정신을 유지하며 일을 수습하느냐에 따라 최종 결과물의 퀄리티가 달라진다. 그래서 프로젝트 초반에 눈을 반짝이며 불태웠던 열정만큼이나 중요한 것이 바로, 망조에 접어든 프로젝트를 수습하고 마무리하는 지구력이다. 찬란한 계획을 세운 사람만큼이나 흩어진 일들을 모아 최대한 아름답게 뒷정리하는 사람의 공로도 인정해 주어야 함은 물론이다.

어느 여름, 회사의 책을 써 보겠노라 자신감 있게 밀어붙였는데, 일이 점점 내 뜻과 다르게 진행되는 걸 지켜보며 마음고생을 했었다. 보통 기업에서 책을 낸다고 하면, 책의 기획을 맡아줄 출판사와 계약을 하고 책의 집필을 맡아줄 전문 작가를 고용하기 마련이다. 하지만 나는 글로 무언가를 쓰는 업에 애정이 있었기에 직접 쓰겠노라 배포를 부렸다. 회사 총괄 카피라이터가 직접 써내려간 회사의 숨은 이야기는 여느 회사들이 내놓는 출판물보다 훨씬 매력적일 거라 자신했다. 한 줄 한 줄 마음을 다해 썼다. 회사 안팎의 수많은 사람을 직접 취재하고, 있는 재주를 다해 간결하고 울림이 있는 문장들을 지어 한 권의 책으로 엮어냈다.

그런데 이제 와 돌아보니 하나는 알고 열은 몰랐던 것 같다. 회사의 이름으로 책을 만들어 세상에 내놓으려면 얼마나 심도 깊은 고민을 거쳐야 하고, 얼마나 지난한 검토 과정을 거쳐야 하는지 내다보지 못했다. 그저 정말 좋은 글을 써서 책으로 완성하면 되는 거라고 여겼다.

하지만 회사의 이름을 단 책은 책 이상의 무게를 지닌다. 책이 출판되면 세상에 어떻게 비춰질지도 객관적으로 헤아려야 하고, 앞으로 회사가 할 일들에, 혹은 여태까지 회사가 해 놓은 일들에 어떤 영향을 줄 것인지도 헤아려 가장 보수적으로 접근해야 했다.

그래서 내가 마음을 다해 완성한 초벌 원고는 어마어마한 수정을 거쳤다. 회사 책을 전국 주요 서점의 매대에 올려놓겠다고 자신했던 초반의 패기도 점점 사라졌다. 차라리 세상에 내놓지 않는 게 회사 이미지에 더 도움이 되는 건 아닌지 걱정하는 날들도 있었다. 여름을 다 바쳐 쓴 원고가 이리저리 방향을 틀고 무작정 늘어지니 속이 타들어갔다.

가을 끝 무렵에는 각자의 위치에서 진중한 결정을 내려야만 하는 이들이 이해되기 시작했다. 한겨울에 이르러서는 완전히 방향을 바꾸어 책을 고쳐 쓰는 것이 옳다는 결정에 동의했다. 버틸 만큼 버텼다는 생각이 들 때쯤, 나는 두 팔을 걷어붙이고 적극적으로 책을 수습하기 시작했다. 이미 써 둔 책을 별책으로 하고, 더욱 위엄 있고 진지하게 대기업의 면모를 보여주는 방향으로 책을 다시 쓰기로 한 것이다.

에너지를 불태우며 여름을 보낸 것도 글 때문이고, 울고 웃던 시간을 지나 초연하게 겨울을 맞은 것도 글 덕분이었다. 그 무렵, 다니던 교회로부터 회보에 기고할 짧은 에세이를 의뢰받았다. 머리도 식힐 겸 가벼운 마음으로 글을 써 내려갔다. 우리는 한 치 앞을 내다보지 못하는 사람들이기에 제멋대로 계획을 세우고 내달리는 일이 얼마나 덧없는가 하는 내용이었다. 글을 마치며 마지막 문장에 마침표를 찍자 눈물이 하염없이 쏟아졌다. 회사 책을 쓰며 스스로 떠안았던 부담과 스트레스가 모두 씻겨 나간 기분이었다.

글로 상심했던 나를 다독여준 또 다른 나의 글을 여기에도 소개할까 한다. 저지르는 여름보다 수습하는 겨울이, 의욕을 불태우는 여름보다 너그러워지는 겨울이 우리를 어른으로 만든다는 사실을 기억하며.

부모의 마음으로 나를 본다면

아이를 낳아 키우다 보니 전에는 몰랐던 것들을 많이 깨닫습니다. 아이와 어른은 같은 곳에 서 있어도, 서로 다른 지점을 내다볼 수밖에 없단 걸 절실히 느낍니다. 아이들은 지금 눈에 보이는 것이 세상의 전부라고 느껴, 앞에 주어진 것을 만끽하려고 합니다. 그래서 당장 먹고 싶고, 당장 보고 싶고, 당장 놀고 싶어

하죠. 하지만 어른들은 쌓아온 삶의 데이터 덕분인지, 눈앞에 보이지 않아도 다음에 펼쳐질 시나리오, 내일 일어날 일, 먼 미래에 생길지 모르는 사고들을 다 내다봅니다. 그래서 더 참을 수 있고, 더 준비할 수 있고, 더 기다릴 줄 압니다. 저도 이제 어른에 가까워지고 있는지, 아이가 어쩜 이렇게 내일 일을 모르고 눈앞에 있는 것만 생각하는지 안타까울 때가 있습니다.

'문제집을 하루에 한 장씩 풀어두면, 나중에 한꺼번에 하느라고생 안 해도 되는데. 왜 미루려고 하지?'

'먹고 나서 바로 양치질하면 편한데. 이따 졸릴 때는 더 닦기싫을 텐데. 그걸 왜 모를까?'

'아프지 않으려고 예방 주사를 맞는 건데. 왜 당장에 주사가아픈 것만 두려워할까?'

비단 저처럼 어린아이를 키우는 부모뿐만 아니라, 그 부모의부모들도 이미 어른이 된 자녀를 바라보며 비슷한 생각을 하리라 짐작됩니다.

'주어진 일에 감사하며 성실히 하다 보면, 반드시 기회가 올텐데. 왜 도망치려고 할까?'

'지금은 돈을 많이 모아 놔야 할 시기인데. 왜 펑펑 쓰기만 할까?'

이렇듯 부모가 자녀에게, 자녀들은 또 그들의 자녀에게 내리 걱정을 하는 까닭은 자신이 내다보는 것만큼 내 소중한 아이가 보고 있지 못하다는 사실이 안타까워서입니다. 삶을 헤쳐오며 얻은 노하우와 지혜를 장착하고 지난날을 돌아보면, 무엇을 했어야 하고 무엇을 하지 말았어야 했는지가 뒤늦게나마 훤히 보입니다. 그런데 내 사랑하는 아이가 나와 똑같은 실수를 되풀이하는 걸 목격하면, 당연히 애가 타죠. 내가 어렸을 때 모르고 지나쳐버린 소중한 것들을 내 아이도 허둥지둥 빠뜨리고 있다면? 내가 젊었을 때 빠져서 허우적대던 골짜기를 향해 내 아이가 성큼 걸어가고 있다면? 가만히 보고만 있을 부모는 세상에 없을 겁니다.

문득 궁금해졌습니다. 만약 신이 부모의 마음으로 지금의 나를 보고 있다면, 내가 얼마나 어리숙한 아이처럼 보일지 말입니다. 공들여온 프로젝트가 하루아침에 무산되었다고 인생의 큰 고비를 맞은 것마냥 고꾸라졌던 내 모습은 어땠을까요? 고작 게임 한 판을 져 놓고는 세상을 잃은 듯 울부짖는 어린아이 같진 않았을까요? 지고 또 지는 경험을 통해 비로소 이기는 법을 터득하고, 그렇게 얻은 노하우로 앞으로 마주할 수많은 삶의 게임을 헤쳐나갈 힘을 얻도록 일종의 양육 계획이 세워져 있을 텐데 말이죠. 그것도 모르고 일이 안 풀릴 때마다 울고 불며 세상을 원망한다면, 영락없는 떼쟁이 어린아이일 겁니다.

반대의 경우도 마찬가지입니다. 누구나 조금이라도 덜 애쓰고, 그러면서도 잘 살고 싶어 하죠. 일은 덜하고 돈은 더 벌고, 출근은 늦게 하고 퇴근은 빨리 하고, 어려운 일은 웬만하면 피하고 싶습니다. 이렇게 쉬운 길로만 골라 다니면서도 세상의 영광은 다 누리고 싶어 하는 모습은 어때 보일까요? 부모의 마음으로 본다면 짐작할 수 있습니다. 문제집 맨 앞 장의 쉬운 문항만 골라 풀고, 시간을 들여 고민해야만 답을 얻을 수 있는 문제는 하나도 풀어보지 않았으면서, 시험에서는 100점을 받길 바라는 아이 같진 않을까요?

우리가 자녀에게 쉬이 하는 핀잔인 '하나만 알고 열은 모른다'는 말은 어쩌면 스스로에게도 들려주어야 할 조언인지도 모릅니다. 내가 삶이 힘들다고 생각하는 것은, 내가 나를 불행하다고 여기는 것은, 혹은 반대로 내가 세상에서 가장 잘났다고 느끼는 것은 하나만 알고 열은 모르기 때문입니다. 힘든 시간 끝에 무엇이 펼쳐질지, 불행의 구간을 지나면 어떤 삶이 시작될지, 혹은 그토록 잘난 내가 무엇을 놓치고 있는지는 지금 우리 눈에 보이지 않기 때문입니다.

　확실한 것은 단 하나. 좋은 부모가 자녀를 일부러 나쁜 길로 인도하지 않듯, 삶이 이끄는 방향을 믿고 따르다 보면 감사할 날이 올 거라는 사실입니다. 나도 모르는 내 인생의 원대한 계획, 보이진 않아도 믿을 순 있습니다.

* 실제로 그랬다. 이 글을 쓰던 겨울을 지나고, 봄 무렵에 엉켜 있던 일들이 술술 풀리기 시작했다. 그리고 여름이 되자, 책은 처음의 빛 그대로 세상에 나왔다.

그 겨울,
엄마의 드럼 콘서트

아이는 부모를 닮기 마련이다. 얼굴과 체형은 물론이고 행동과 습관도 빼닮는다. 선생님들은 학부모 행사를 소집하면 누구의 부모인지 알려주지 않아도 대충은 알아맞힐 수 있다고 한다. 부모의 말투, 인상, 행동에서 아이의 모습이 보인다는 거다.

부모 입장에서는 나의 좋은 점뿐만 아니라 나쁜 점까지도 아이가 보고 배우고 있다는 생각을 하면 무섭다. 부모의 역할이 이렇게까지 막중하다고 생각하면 숨이 턱 막힌다.

떳떳한 모습과 감추고 싶은 모습의 총체가 바로 나인데, 아이가 이것들을 닮는다니! 하지만 나 역시 상당 부분을 부모님으로부터 물려받았다고 생각하며 죄책감을 덜어본다. 인간이란 끝없이 반복되는 역사 그 자체다.

나는 대학교에 입학하며 서울로 올라왔고 여태 서울에서 살고 있다. 19년을 포항에서, 19년을 서울에서 살았으니 반은 포항 사람이되, 반은 서울 사람이라 할 수 있다. 포항 사람으로 살았던 기간에는 당연히 부모님을 보고 많은 것을 배웠다. 하지만 서울에 살면서는 주로 나 자신 혹은 다른 어른들을 보았다. 대학에서 만난 친구, 선배, 교수님 들. 그리고 지금도 회사에서 만난 선배들과 수많은 어른을 보고 배우며 살아간다.

부모님은 명절이나 방학 때, 혹은 휴가 때 찾아뵙는 것이 전부다. 그럼에도 불구하고 나는 부모님을 쏙 빼닮았다. 웬만하면 남에게 피해를 끼치지 않고, 피치 못하게 그런 경우에는 주머니에 있는 걸 다 꺼내어 마음의 빚을 청산해야 직성이 풀리는 것은 아빠와 닮았다. 웃으면서 상냥하게 인사

하되, 끊어야 할 때는 뒤도 안 돌아보고 목록에서 지워버리는 강단은 엄마를 닮았다. 놀라운 점은 그런 모습들이 '보고 배운' 게 아니라는 거다. 그런 모습들은 사실 어른의 영역이라, 부모님이 어린 시절의 나에게는 잘 '보여주지' 않았다.

그럼에도 나는 어찌 이리 부모님과 똑같을까. 아빠의 회사 생활을 직접 목격한 적이 없었음에도, 나는 서른여덟이던 아빠가 일하던 모습과 서른여덟인 내가 일하는 모습이 닮은 데가 많을 거라 확신한다. 회사도, 직업도, 근무 형태도 다르지만 일과 사람을 대하는 방식은 거의 비슷하리라 짐작할 수 있다. 회사에서 떠도는 소문에 내가 얼마나 고결한 선비처럼 거리를 두는지, 뒤돌아서서는 어떤 행동으로 무장하는지, 일의 마무리를 얼마나 깔끔하게 매듭짓는지. 보고 배운 것들은 물론이고 뼛속 깊이 새겨진 유전자로 이미 내재된 배움 덕분에 내가 나로 완성될 수 있었다. 이렇게나 질기고 힘이 센 개인의 뿌리를 떠올리며, 나는 중요한 다짐을 한다. '아이가 컸으면 하는 방향대로, 내가 지금을 살자. 이것이 내 사랑하는 아이에게 물려줄 수 있는 강력한 유산이 될 테니까.'

그래도 선뜻 행동에 옮기기란 쉽지 않다. 아이를 모아나처럼 키우고 싶다는 이유로, 내가 갑자기 항해에 나설 수는 없다. 그런 유전자가 아무리 탐난다고 해도 말이다. 그 대신지금 내 주변에 놓인 것들 중에 도전해 볼 수 있는 게 무엇일지 헤아려 본다. 이를테면 아이가 매일 일기를 썼으면 하는 마음으로 나는 밤마다 일기를 쓴다. 아이가 자신의 건강에 투자하는 사람이 되기를 바라는 마음으로 필라테스 수업에 빠지지 않는다. 아이가 사회적으로 자신의 효용을 느끼고, 나아가 자신이 가진 재주를 경제적인 가치로 교환해그에 마땅한 부를 누리며 살길 바라는 마음으로 나는 직업을 유지하며 일을 하고 돈을 번다. 나를 통해 보고 배우며 혹은 보지 않고도 배우기를 바란다. 하루가 소중한 줄을 알고, 제 마음이 고귀한 줄을 알며, 자신이 가진 재주가 귀하게 쓰이도록 가치를 환산하는 일이 당연하기를 바란다. 밥먹기 전에 손 씻는 것이 몸에 배듯, 자기 전에 머리를 감는것이 마땅하듯.

지난겨울, 한 해를 보내고 새해를 맞으며 나는 '드높이'라는 말을 스스로에게 많이도 했다. 멀리 내다보는 드높은 마음으로 살자는 다짐을 매일같이 일기에 쓰며, 별안간 내 마음에 떨어진 '드높이'라는 키워드가 어디에서 왔는지 궁금했다. 얼마 가지 않아 그 출처를 알게 되었는데, 바로 엄마가 즐겨 부르던 애창곡이었다. 1974년에 발표된 김추자의 〈무인도〉라는 노래인데, 무인도에 부딪히는 파도처럼 노래가 절정으로 치달을 때 '드높아라'라는 가사가 등장한다.

솟아라 태양아 어둠을 헤치고
찬란한 고독을 노래하라
빛나라 별들아 캄캄한 밤에도
영원한 침묵을 비춰다오
불어라 바람아 드높아라

늘 듣고는 있었지만, 이렇게 깊이 새겨듣고 있는 줄은 몰랐던 노래. 엄마의 간절한 바람이었을까. 나는 어느새 그 가사처럼 드높게 살 것을 스스로에게 주문하고 있었다.

엄마는 예순이 훨씬 넘어 드럼을 배우기 시작했다. 지긋한 나이에 악기를 새로 배운다는 것이 쉽지 않았을 텐데, 포기하지 않고 한 해 두 해 연습하더니 지난해 겨울에는 연주회를 열었다. 시청의 큰 콘서트홀을 대관해서 독주를 하셨는데 엄마가 고른 곡이 〈무인도〉였다. 연주가 시작되기 전 인터뷰 영상이 나왔는데 거기서 엄마는 자신이 뒤늦게 드럼을 배우며 삶에 활력을 얻고 있다는 소감을 전했다. 그리고는 인사 겸 노래를 덧붙였다. "드높아라~ 솔미야~ 드높아라~ 솔지야~."

이 대목에서 뜨거운 것이 울컥 쏟아져 더 이상 영상을 볼 수 없었다. 엄마는 '엄마'가 아니라 오롯이 '드럼 연주자'로서 빛나는 순간에도 딸들의 이름을 부르는 것을 잊지 않았다. 게다가 그 순간에도 두 딸이 '드높게' 살기를 바랐다는 사실에 울컥했다. 엄마가 우리에게 드높게 살라고 당부할 때의 모습이, 이렇다 할 취미도 없이 살림에 파묻혀 '나는 비록 이렇게 살지만 너희는 꼭 드높아야 한다'가 아니어서 감사했다.

조명이 비추는 무대의 한가운데서 커다란 리본이 달린

실크 블라우스를 입고, 바짓단을 멋지게 접어 부츠 안으로 넣고는 드럼 스틱을 휘두르는 엄마. 엄마가 그렇게 드높은 모습을 한 채로 우리에게 드높게 살라고 주문한 이상, 나는 정말로, 드높게 살 수 있을 것 같다. 두 눈으로 똑똑히 보고 배웠으니까.

두 언어를 다듬는 일

한 기업의 글로벌마케팅 그룹에 속해, 전 세계에 있는 현지 법인으로 배포할 마케팅 메시지의 퀄리티를 총괄하는 일을 맡았다. 당연히 그 뿌리가 될 영문 메시지 퀄리티부터 관리해야 한다. 본사의 여러 부서들과 합의한 뒤에 확정된 메시지를 현지 법인에게 배포하는 것이 순서다. 그 덕분에 나는 자연스레 한국어와 영어 사이를 왔다 갔다 하며 메시지를 만든다. 단순히 의미가 통하게 번역하는 것이 아니라 한국어로도 영어로도 비슷한 깊이와 비슷한 온도로 고객의 마음에 가닿아 반향을 불러올 수 있게 작업한다. 그 과정에서 한국어가 가진 원천적인 섬세함과 영어가 가진 아름다움을 탐미한다.

'단순 번역은 반역이다'라는 말이 있었다. 요즘처럼 AI가 실시간으로 대화를 번역해 주는 시대에는 어울리지 않는 말이겠다. 번역이란 이제 '전문 기술'을 넘어, '누구나 할 수 있는 일'이 되었으니까. 수도꼭지를 틀면 물이 콸콸 쏟아지는 게 당연하듯, 내가 내뱉은 말이 어떤 언어로든 술술 번역되어 실시간으로 상대방에게 전달되는 날이 가까웠다. 그럼에도 불구하고 '카피라이팅' 영역에서는 단순 번역은 여전히 반역으로 취급된다. 그렇게 해서는 말이 주는 느낌, 글이 풍기는 뉘앙스, 전체를 감싸는 이미지들을 오롯이 다른 언어로 옮겨낼 수 없기 때문이다. 번역은 분명 매우 까다로운 작업이다.

일례로 애플이라는 회사는 2023년 노란색 아이폰 14를 출시하며 'Hello Yellow'라는 간결한 슬로건을 선보였다. 대부분의 글로벌 회사에서는 제품의 키 메시지가 정해지면 그것을 각 해외 시장에 맞게 현지 언어로 번역한다. 단, 애플과 같이 마케팅에 고도로 자원을 투자해 최상의 퀄리티를 뽑아내는 회사는 키 메시지를 단순 번역Translation이 아닌 번안Adaptation 혹은 재창조Transcreation 한다. 본래의 의도는 살리되 섬세한 현지화 작업을 통해 각 문화에 맞게 새로 쓰는 것이다.

'Hello Yellow'라는 키 메시지는 당시 한국 시장에서 '안녕 노랑'으로 단순 번역되지 않았다. 키 메시지의 여러 노림수 중 하나가 '헬로 옐로'로 발음되는 '사운드 디자인'이었기 때문이다. '~로, ~로'가 반복되며 라임을 만들어내고, 그 동글동글한 소리가 산뜻하고 귀여운 이미지를 떠올리게 한다. 노란색이 주는 긍정적인 느낌을 소리로도 표현한 것이다. 이러한 메시지 전략을 한국어에도 그대로 적용하여, '안녕 노랑'이 아니라 '나랑 노랑'으로 번역했다. 엄밀히 말하면 '틀린' 번역일 수 있지만 이것은 '완벽한' 번안이다.

나 역시 한국어로 카피라이팅을 하고 동일한 내용의 영문 카피도 세트로 완성하는 작업을 할 때면 이러한 디테일

틀을 꼼꼼히 살핀다. 기꺼이 두 언어가 가진 특징을 세밀하게 살펴 농밀하고도 명확하게 표현하도록 애쓴다. 하루 종일 회사에서 한국어와 영어 사이를 오가며 문장을 다듬고 있노라면 질릴 법도 한데, 가끔은 일과 무관하게 재미 삼아 두 언어 사이를 오가며 번역, 번안, 재창조를 해본다. 누가 시키지 않아도 할 정도로 이 작업은 내게 끝없는 기쁨이 된다. 그중에 내가 가장 좋아하는 두 글귀를 소개한다. 영어로 쓰면 아름답고, 한국어로 쓰면 따뜻한 최애 구절이다.

The lines of my boundary have fallen in pleasant places.
즐거운 곳을 따라 그어진 내 삶의 구분선

곱씹을수록 깊은 뜻이 우러나는 문장이다. 우리가 겪는 대부분의 갈등이나 불안은 나와 남의 삶을 구분하지 못하는 데서 온다. 그러니 괜히 남과 비교하고 상처받으며 스스로를 불안에 가둬서는 안 된다. 남의 불행을 보며 자신의 행복을 확인해서도 안 된다. 내 마음이 남의 삶으로 자꾸만 넘나들 때 떠올려야 하는 것이 바로 '구분선'이다.

원문에서 쓰인 'Boundary'는 '경계선'이라고 번역하는 경우가 많은데 경계라는 단어는 국문에서는 '경계심'과 같이 활용되기 때문에 부정적인 뉘앙스가 강하다. 그러니 이 경우에는 맞지 않다. 잔뜩 일그러진 얼굴로 다른 이의 삶과 나의 삶을 경계하자는 게 아니라 내가 펼치는 삶의 영역이 남의 영역과 엄연히 별개라는 것을 건강하게 인식하자는 의도로 쓰인 문장이니 말이다. 그래서 나는 '구분선'이라는 단어를 택했다.

문장을 더 살펴보자. 삶의 구분선은 나에게 주어진 것과 남이 누리는 것을 분별할 줄 알 때 그려나갈 수 있다. 어느 지점에 구분선을 그어야 하는지를 판단하는 데 삶의 지혜가 필요하다. 남의 성공을 진정으로 축하하면서도 나의 실패에 무너지지 않는 힘. 남이 타고난 것들을 정면으로 마주하면서도 내가 가진 것을 자부하며 감사할 줄 아는 힘. 이러한 힘이 모일 때 삶의 구분선을 명확하게 그을 수 있다.

게다가 이 문장에서는 'fallen(떨어지다, 내려오다)'이라는 단어를 써서 삶의 구분선이 마치 하늘에서 내려온 리본처럼 표현됐다. 삶에 주어진 축복처럼 말이다. 이 악물고 설치

해둔 전쟁터의 철조망이 아니라 나를 진정으로 기쁘게 하는 장소를 따라 리본처럼 둘러진 구분선이라니. 내가 누리는 삶의 구역을 선물처럼 감사히 여기라는 뉘앙스도 담겨 있는 것이다.

다음으로 소개할 시는 아이가 다니는 학교의 체육관 화장실에 붙어 있던 것이다. 1995년 호주 브리즈번 출신의 젊은 시인, 에린 핸슨의 작품이다. 그녀의 시는 쉽게 읽히면서도 섬세한 묘사가 풍부해 많은 이의 사랑을 받는다. 소개하려는 시 역시 따로 설명이 필요 없을 정도로 쉽게 읽히는데, 내가 아끼는 모두에게 읽어주고 싶을 만큼 깊은 의미가 담겨 있다. 내가 눈 감는 날까지 가장 가까이에서 나를 지탱해주는 '신체'에 대한 시이다. 한 줄씩 음미하며 언어의 아름다움은 물론 몸이 지닌 가치에 대해서도 느껴 보길 바란다.

If there's one thing that I may tell you.
한 가지 해줄 말이 있어.
Let it be: You are your home.

이대로도 괜찮아. 너는 너의 집이야.

Your body is the only house that you will ever truly own.

너의 몸은 네가 진정으로 소유할 수 있는 유일한 집이란다.

Maybe it's got some broken windows

아마도 그 집엔 깨진 창문도

And there are tear-stains on the floors

눈물로 얼룩진 마룻바닥도 있겠지만

Maybe you lock the things you wish you weren't

behind its many doors

수많은 문 뒤로 원치 않는 너의 모습을 많이 숨겨 뒀겠지만

But there is wisdom on its bookshelves

책꽂이에는 지혜가 꽂혀 있고

And a laugh to light the rooms

방마다 웃음이 빛을 비추고

There's a vase upon the table where the love you've grown all blooms.

테이블 위에 놓인 꽃병에선 네가 키운 사랑이 꽃핀단다.

Dreams sit on the mantelpiece

난로가에는 꿈들이 앉아 있고

Next to kindness and your trust, where you use them all so often,

they have no time to collect dust.

그 곁에는 네가 자주 꺼내어 써서

먼지 한 톨 쌓일 틈 없는 친절과 믿음이 있어.

So please don't look at mansions with that envy in your eyes.

그러니 다른 이의 저택을 보며 부러워 말렴.

There's more that makes a home than its appearance or its size.

집은 외관이나 크기, 그 이상을 의미해.

Your body is your shelter so you deserve to love it all.

네 몸은 네가 편히 쉬는 집이지.

그러니 너는 그 모든 구석을 사랑할 자격이 있어.

Don't let the world stand round outside

and tell you how to paint your walls.

세상이 밖에서 너를 구경하며

외벽을 어떻게 꾸밀지 참견하게 두지 말렴.

How lucky that you have somewhere to protect you from the night.

깜깜한 밤으로부터 스스로를 보호할 곳이 있다니

얼마나 행운이니.

And if there's cracks left from the past?

과거에 입은 상처로 틈이 좀 생겼다 한들 뭐 어때?

Well then they just let in more light.

거길 통해 빛이 더 드는 거지.

2024년 겨울,
올해의 갈무리

**기꺼이 끝까지 걸어온
어른의 연말 결산법**

1. **모두가 잠든 겨울밤,
   티나 와인 한 잔을 준비한다.**
   스스로 솔직해질 수 있는 데 도움을 주는
   어떠한 음료라도 좋다.

겨울 대출 도서

날 짜	제 목	저자명	성 명
2010.12	달과 6펜스	서머싯 몸	박솔미
2013.12	나목	박완서	박솔미
2016.12	당신의 이름을 지어다가 며칠은 먹었다	박준	박솔미
2019.12	나의 눈부신 친구	엘레나 페란테	박솔미
2022.12	스토너	존 윌리엄스	박솔미
2024.12	맡겨진 소녀, 이처럼 사소한 것들	클레어 키건	박솔미
2024.12	겨울 마침표	박솔미	

2. 고요히 조명을 켜고
노트와 펜을 꺼내어 차분히 앉는다.
지나치게 감정에 사무칠 수 있는
음악은 잠시 꺼두자.

3. 올해 자신의 업에서 의미 있었던 점을 세 가지 적는다.
남 보기에 번듯한 직업이 아니라도,
대단한 성과가 없었더라도 괜찮다.
나 자신의 의미와 가치가 중요하다.

**4. 올해 가족 혹은 친구 혹은 애인과 함께하며
뜻깊었던 점을 세 가지 적는다.**
상대방의 칭찬, 비난, 평가가 중요한 것이 아니다.
나 자신이 느끼기에 충만했던 경험이 무엇인지를 헤아린다.

**5. 올해 오로지 나 자신으로서
즐겁고 경이로웠던 점을 세 가지 적는다.**
직업, 직책, 역할, 관계를 떼어내고
한 인간으로서 벅차올랐던 순간을 떠올려 본다.

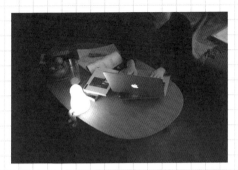

6. 앞서 적은 아홉 가지 문장을 마무리하는 한 줄의 결론을 써 본다.
한 문장으로 요약하기 쉽지 않을 수 있다.
아홉 가지 문장을 찬찬히 읽어 본
자신의 감상을 자유롭게 한 줄로 남겨보자.

**7. 그것을 올해의 결산이자 나 자신의 중요한 한 조각으로 삼아
내년을 또렷이 바라본다.**
틀리거나 잘못된 해는 없다.
당신의 올해는, 그 자체로 옳다.
작년에서 올해로 또 내년으로 이어지는 문장들이
완성해 나갈, 미묘하고 연속적인 모습 그 자체가
얼마나 아름다운지를 기억하자.

겨울잠을 자며
길게 꿈꿀 자격

    우리는 보통 봄으로 시작해 겨울로 끝나는 순서로 사계절을 헤아린다. 서구 문화에서는 가끔 겨울, 봄, 여름, 가을로 계절을 세기도 하는데 한국인에게는 영 어색하다. 우리에게 겨울이란, 마무리하는 시기이자 저무는 때이며 앞선 일들을 정리하고 훗날을 대비하는 시간이기 때문이다.

    주변에 어지러이 늘어진 것들을 정리해서 버릴 건 버리고 간직할 것들은 쓰임새 좋은 위치에 진열해 두는 일을 좋아하는 나에게 겨울은 꼭 맞는 계절이기도 하다. 난잡하게 랜덤으로 놓인 것들을 목적에 따라 분류하고, 방향과 순서에 맞게 줄 세운 뒤, 거기에 심미적 요소를 첨가하는 속성의 모든 일은 내게 기쁨을 준다. 글을 쓰는 일도 어지러이 늘어진 생각이나 뿜어져 나오는 감정들을 정리하는 활동이나 다름없다.

다만 우리 사회는 일시정지 버튼을 눌러 놓고 퍼질러 앉아 정리정돈에 몰입할 여유를 좀처럼 허락하지 않는다. 나 역시도 초등학교, 중학교, 고등학교, 대학교를 거쳐 회사에 다니기 시작해 올해로 14년째, 제대로 삶을 정돈할 만한 시간을 가져보지 못했다. 어디에 소속되거나 계약되지 않은 채로 덩그러니 놓여 있었던 적이 없기 때문이다. 나 자신을 오롯이 들여다보며 살아온 시간들을 차곡차곡 개어다가 분류하고 그것을 땔감 삼아 큰 꿈을 꾸거나 원대한 구상을 해볼 시간도 가져본 적이 없다. 앞으로의 동선을 짜고, 그다음엔 무엇을 할지 계획하는 중에도 두 다리는 걷거나 뛰고 있었으니까. 어쩌다 잠시 느리게 걸었다 해도 뒤처진 구간을 얼른 회복하려고 이내 빠르게 뜀박질해야만 했다. 그래서

일까, 가끔이나마 뒤돌아보며 회한에 젖을 수 있는 겨울이 오면 갈증이 약간 해소되는 기분이다. 그나마 세밑에는 호흡을 고르며 내가 어디까지 왔고 어디로 가고 있는지 점검할 명분이 생기기 때문이다.

문제는 겨울에만 목마름을 해소하는 것으로는 부족하다는 거다. 속도를 완전히 멈추고 전원 플러그를 뽑아버린 다음에, 내가 어디에서 시작해 어디까지 왔고 앞으로는 어디를 향해 갈 것인지 점검해보고 싶다. 그러기 위해선 대단한 용기가 필요하겠지. 어떤 이유로든 멈춰 선다는 건 실패처럼 보이기도 하니까.

주위를 둘러보면 겁쟁이는 나 혼자만이 아닌 것 같다. 또래들과 조금만 이야기를 나누어 보면 다들 미친 듯이 달리고는 있는데 목적지가 어디인지를 모른다. 하지만 그것을 헤아리려고 속도를 늦추는 순간 뒤처지게 되니까 잠시 멈추는 건 엄두도 못 낸다. 이렇게 앞으로 나아가는 일 자체에 매몰되어서야 어떻게 미래에 대한 큰 꿈을 꿀 수 있겠는가? 꿈이란 자고로 자면서 꿔야 하는 것인데 말이다. 꿈을 꾸면서 걸으면 그건 기면증 아닌가. 엄밀히 말하면 아픈 상태다. 앞만 보고 달리는 것도 문제지만, 앞만 보고 달리면서 꾸는 꿈도 정상은 아니다. 그래서 나는 인간도 생에 한두 번쯤은 긴 겨울잠이 필요하다는 결론에 이르렀다.

푹 쉬면서 꿈을 꿔야 제대로 된 꿈을 마주하는 법이다. 지금처럼 왼쪽 발로는 '오늘 할 일'이라는 페달을 밟고, 오른쪽 발로는 '내일 할 일'이라는 페달을 굴리면서는 위대한 꿈을 꿀 수 없다. 현실에 갇혀 사는 사람은 상식선에서 실현 가능해 보이는 손쉬운 것들을 꿈으로 착각하기 쉽다. 일과와 계획을 잘 수행했을 때 이루어질 만한 것들을 꿈으로 설정해버리는데, 그래서는 인생을 먼 곳으로 데리고 갈 수 없다.

나도 그렇다. 회사에서 하루 여덟 시간씩 브랜드 메시지와 관련된 업무를 하고, 집에 돌아와서는 나와 가족을 돌보는 일과를 소화해내고, 그나마 틈이 날 때는 책을 쓰면서 꾸는 꿈에는 놀라운 구석이 하나도 없다. 전부 미루어 짐작할 만한 것들이다. 현실이라는 운동장을 벗어나 더 큰 꿈을 꿔보자고 작정해도, 경계를 벗어나진 못하는 것 같다. 연봉 상승이나 현업 경력을 살린 사업 같은, 현실의 궤적에 머물고

만다

삶이 어디까지 나아갈 수 있을지 탐험해 보려면 상상력이 필요하다. 혹시 모를 일 아닌가. 긴 겨울잠에서 깨어나면, 지금은 감히 상상도 못 할 새로운 일들을 목표로 삼은 사람이 되어 있을지. 대국민 담화 메시지를 더 쉽고 더 명확하고 더 공감가게 만드는 사람이라든가, 미국의 유수 대학에서 '한국어 실용 글쓰기'를 가르치는 교수라든가. 현실적 과정은 셈하지 말고 원대하게 꿈을 그려나가자며 든 예시들인데, 여전히 경계에서 크게 벗어나지 못한 느낌이다.

현실적인 걸 생각하지 않으려면 실제로도 현실에서 벗어나야 하나 보다. 하긴, 우리가 그 어린 시절 '노벨상 수상 과학자', '세계적인 패션 디자이너', '만병통치약을 개발한 의사', '부모님을 쉬게 해 주는 만능 로봇 개발자'를 꿈꿀 수 있었던 건 현실 가능성이나 실행 과정을 타진하지 않았기 때문이다.

어린 시절의 장래희망들이 덧없기만 한 건 아니다. 사정

거리는 생각지 않은 채 무턱대고 쏘아 올린 꿈이라도 있었기에, 우리는 신상품 개발팀의 우수 사원이 되고, 동네 유명 편집숍을 운영하고, 부모님께 명절 용돈을 두둑이 챙겨드리는 어른으로 자라날 수 있었다. 꿈을 오차 없이 반드시 실현해야 한다는 법은 어디에도 없으니까.

1, 2년 정도 하던 일을 멈추고 겨울잠에 들었을 때에는 기회비용에 걸맞은 결과를 내야만 한다는 무게감에 짓눌려서는 안 된다. 그래서는 가위에 눌린 사람마냥 좋은 꿈을 꿀 수 없을 테다.

제일기획 신입사원 시절, 경쟁 PT를 앞두고 아이디어 회의를 하던 기간에는 밤을 새우는 일이 허다했다. 잠이 늘 모자랐던 신입사원들이 소소하게 벌였던 사내 캠페인이 하나 있었는데, 그건 '낮잠 대놓고 자기'였다. 잠이 모자란 채로는 도저히 크리에이티브한 아이디어를 낼 수 없다는 핑계를 방패 삼아, 조금의 여유가 생길 때마다 쪽잠이라도 자게 해 달라고 한 것이다. 눈치 보지 않고 책상에 엎드려 잠을 잘 수 있도록 모니터 위에 띄워 놓을 스크린 세이버도 제작했다. 그러면 인혜는 이런 카피를 적어 두었다.

'낮잠 자는 거 아닙니다. 아이디어 찾으러 간 거예요.'

신입 사원들이 책상에 엎드려 있으면 잠이 모자라 하는 수 없이 쪽잠을 잔다는 것쯤은 다들 안다. 그래도 당사자 입장에서는 대놓고 잠을 잘 수가 없다. 아무래도 눈치가 보이니까. 그렇다고 멍한 상태로 버티다가 제대로 된 아이디어 하나 없이 미팅에 들어가서도 안 될 일이다. 통통 튀는 기발한 아이디어를 내는 것이 광고회사에 입사한 본질이니까. 쪽잠을 자야 하는 정당성과 피할 길 없는 눈치. 그 간극을 메우기 위해 생각해낸 귀여운 아이디어였다.

긴 인생을 살아가는 우리 모두 잠시라도 눈을 붙이며 생각을 정리하고 꿈을 꾸는 시간이 필요할 것이다. 어쩌나, 이렇게 말하고도 겨울잠을 잘 엄두가 쉬이 나질 않는다. 하지만 그 언젠가, 겨울잠을 잘 수 있는 절호의 기회가 찾아온다면 두 눈 질끈 감고 과감히 꿈을 꾸리라. 나만 여태 자고 있

는 건 아닌지, 남들은 벌써 깨어났는지 그런 걱정 말고. 위
대한 삶은, 겨울잠을 자겠다는 용기있는 결단을 내린 자에
게 주어지는 보상일지도 모르니까.

지난 겨울들이 모여,
올해의 겨울이

　'어른'이라는 인생 챕터로 들어서며 바뀐 것이 하나 있다. 과정의 힘을 믿게 된 것이다. 어렸을 땐 우주의 기운을 끌어 모아 한순간에 판을 엎어버리는 '인생 한 방' 같은 에너지를 믿었다면, 이제는 하루치 노력을 꾸준히 더하며 일 년씩 쌓은 힘을 신뢰한다. 덕분에 지금의 나는 '결과'로서 존재하는 것이 아니라, 늘 어떠한 '과정' 중에 있다는 것도 깨달았다.

　20대 후반쯤에는 스스로를 거의 완성형에 가깝다고 착

각했다. 그래서 억지로 바꿀 것도, 일부러 변화를 줄 필요도 없다고 자부했다. 하지만 서른 중후반으로 넘어오며 아이를 낳아 키우는 동안 두 눈으로 똑똑히 목격하게 되었다. 365일 동안 한 인간에게 얼마나 많은 변화가 일어날 수 있는지를 말이다. 갓 태어난 아이는 1년 만에 목을 가누고, 시력을 갖춰 사람과 사물을 구별하며, 스스로 몸을 뒤집어 허리를 세워 앉다가, 두 발로 서서 걸으며 대화를 시도한다. 놀랍지 않은가.

최근 회사에서 전·현직 임원분들을 인터뷰할 일이 있었다. 하나의 회사, 하나의 전문 분야에서 30년 이상 몸담아 왔다는 건 무엇을 뜻할까? 그것이 가능하기까지 어떤 마음과 어떤 노력이 있었을까? 각자 다른 스타일로, 다른 경험담을, 다른 화법으로 들려주었는데도 나는 이들이 지닌 삶의 자세가 상당히 닮았다는 것을 분명히 느낄 수 있었다.

뚜렷한 공통점 중에 하나는 '주인의식'이다. 이 이야기는 조금 조심스러운데 '회사 주인처럼 일하라'는 주문이 얼마나 꼰대 같을지 알기 때문이다. 내가 회사의 주인이 아닌 게

명백하고, 앞으로도 주인이 될 가능성이 없는데, 뭣 하러 주인처럼 일을 하냐는 반발이 예상된다. 나 또한 그렇게 생각한다. 다만, 여기서 주인이 되라는 것은 회사의 소유주가 되라는 뜻이 아니다. 매일 여덟 시간, 회사에 앉아 있는 시간의 주인이 되라는 것이다. 임원들 역시 발언을 조심스러워하면서도 '조용한 퇴직'과 같은 사회 현상을 경계했다. 나역시 동의한다. 회사에서는 시체처럼 앉아 시간을 때우다가 퇴근 후의 삶을 만끽하는 것으로 나름대로 잘 살고 있다고 위안을 삼아서는 안 된다.

매일 회사에서 보내는 여덟 시간은 누적하면 무시할 수 없을 만큼 긴 시간이다. 우리 인생의 상당 부분을 차지하는 이 소중한 시간을 그저 '회사에 머물렀던 구간'으로 떼어서 휴지통에 넣어버리기는 아깝다. 애초에 시간이라는 것은 마음에 안 드는 부분을 떼어다 버릴 수도 없다. 애써 '망한 셈 치고 잊어버린 시간'이라고 여길지 몰라도, 실은 '망한 셈 치고 잊어버렸다고 착각하며 허비한 시간'으로 차곡차곡 저장되고 있을 뿐이다.

내가 산 시간의 총합이 나의 역사가 되고, 그것이 곧 현

재의 나 자신을 이룬다. 그러니 회사에서 보내는 여덟 시간
도 소중히 여기며 그 시간의 주인이 되려고 애써야 한다.

마음에 드는 구석이 하나도 없는 회사에서는 시간의 주
인 노릇을 하기가 더더욱 어려울 수 있다. 주인의식을 가진
사람이라면 결단을 갖고 일터를 옮겨야 한다. 그마저도 여
의치 않으면 깔끔하게 체념하고 앞에 놓인 일부터 하나씩
고쳐나간다. 내가 인터뷰했던 임원들 모두가 그렇게 하루,
한 달, 일 년을 거쳐 30년이라는 업의 역사를 쌓았다.

이들의 또 다른 공통점은 과정을 중요시하는 마인드셋이
다. 이 또한 지속적으로 애정을 쏟는 '시간'에 대한 믿음을
기반으로 하기 때문에, 앞서 말한 '주인의식'과 관련이 깊
다. 주인의식 없이는 과정을 중시하기 힘들다. 내가 내 삶에
잠깐 들러 합의된 일만 잘 수행하고 떠나면 되는 아르바이
트생이라고 치자. 그럼 무심한 듯 시크하게 약속된 기간 안
에 약속된 결과만 만들면 된다. 도중에 일이 틀어져도, 일한
만큼의 몫만 챙기고 돌아서면 그만이다.

하지만 나는 내 삶에 아르바이트 직원으로 채용된 것이

아니다. 나라는 개체이 대표이사이사 설립자, 운영자이다. 3개월 바짝 살고 몫을 챙겨 떠날 수 없다. 삶이 흥할 때도 망할 때도 책임감을 갖고 평생을 주인으로 살아야 한다. 이는 농업적 근면성을 찬양하던 옛 시절에도, 파이어족이나 프리터족이 각광받는 지금도 변치 않는 사실이다. 2024년이 마뜩지 않다고 해서, 새로운 알바 자리를 구할 수는 없다는 뜻이다. 2024년에 악재가 겹쳤다면 이를 악물고 버텨 2025년을 호재로 만들어야만 한다. '나'라는 사업을 키워가는 사장의 마음으로.

주인이 가져야 하는 책임감은 막중하다. 반면 주인으로서 살면서 누리는 좋은 점도 있다. 우선 성장을 지켜볼 수 있다. 후다닥 해내는 즐거움보다 조금씩 변해가는 과정을 살펴보는 재미는 아무래도 30대 이후에 알게 되긴 한다. 나 역시 그러했다. 예전 같았으면 언제든지 심기일전만 하면 벼락치기로 판을 뒤집을 수 있다는 자신감을 내세웠을 것이다. 하지만 지금은 다르다. 오늘 내가 길들여 놓은 생활 습관들이 3년 뒤에 어떠한 가능성을 가져다줄지 기대하는 쪽이다.

인터뷰를 하며 만나본 임원들 대부분 비슷한 맥락의 이야기를 했다. 지금 우리가 누리는 이익이나 성과는 사실, 3년 전에 시작한 일들 덕분이라는 것이다. 여러 업무를 새로 추진하던 당해 연도에는 순익이 마이너스로 잡힐지도 모른다. 설비를 새로 들이고, 사람들을 교육하고, 기반을 닦는 데 시간과 비용을 투자해야 하기 때문이다. '이런 걸 해서 어디다 써?'라는 말이 절로 나오는 일들에 시간을 쏟는 것 자체가 단기적으로는 손해다.

이것을 마이너스로 보지 않고 더 멀리, 더 높게 가기 위한 투자로 보는 것이 주인의식이다. 잠깐 왔다 가는 손님이 어찌 긴 안목을 갖고 투자할 생각을 하겠는가. 여기에 오래 남을 주인이기에 과감히 투자하고 천천히 가꿔나갈 수 있는 것이다.

우리는 각자의 삶을 소유하고 있으며, 그 삶에 꽤 오래 머무를 사람들이다. 그렇기에 결과가 아니라 과정을 살아야 한다. 3년 뒤 어떠한 성과를 본다고 해도 그것이 결말은 아니다. 그 시점에서 또다시 새롭게 찾아올 3년의 과정을 여는 것이니까. 멀리 내다보며, 천천히 지속적으로 움직여, 삶이라는 산업에 불이 꺼지지 않도록 해야 한다.

올해 내가 누리는 겨울이 유난히 풍요로운 까닭은 지나간 세 번의 겨울 동안 쌓은 나의 성실함 덕분이라는 생각을 한다. 이러한 시각으로 나와 내 변화를 돌아보면 많은 것에 감사할 수 있다. 무엇이 소중하고, 무엇이 가치 있는지 명확히 보인다.

어느 겨울, 나는 무심코 매거진을 넘기다가 에르메스 광고에 손을 멈추었다. '조용히, 특유의 존재감으로'라는 짧은 카피 때문이었다. 지금까지도 마음이 어지러이 날아다닐 때마다 그 짧은 문장을 곱씹는다. 내가 나에게 꼭 해주고 싶었던 말이자 내가 가고자 했던 방향을 정확히 담고 있는 문장, '조용히, 특유의 존재감으로'. 이 메시지는 자신만의 과정에 몰입해 있는 사람을 떠올리게 한다.

시간이 가져다준 귀한 것들을 헤아려보며 지나온 과정의 힘을 아는 이들은 떠들썩하게 굴지 않는다. 삶의 과정을 손수 굴리며 생에 집중할 때, 비로소 사람은 존재감이 또렷해진다. 자신의 존재를 증명하려 여기저기 떠도는 모습은 오히려 자신의 결핍을 드러낸다. 이 동네 저 동네 기웃거리며 반경 내에 나보다 나은 인물이 없음을 확인해야만 직성이 풀리는 사람으로 살고 싶지는 않다. 내가 믿는 바를 한 겹 두 겹 성실히 쌓아가는 과정 그 자체로, 나 자신에게만 나를 증명해 보이면 되니까. 그 과묵한 신뢰가 누적되어 고도로 정제될 때 비로소 사람에게서 빛이 난다고 믿는다. 그 지경에 닿으려면 아직 한참 멀었지만, 내가 그 과정에 있음을 나 자신에게 확언하고 또 확언한다. 지난 겨울들을 굴리고 굴려 올해의 겨울을 맞이했음에 감사하면서 말이다.

이 계절, 이 과정, 이 생에 집중하자. 조용히, 특유의 존재감으로.

1년이 문장이라면,
마침표는 확신

좋은 문장에 대한 정의와 기준은 천차만별이다. 내 문장이 따뜻하고 감성적이라는 편집자가 있는가 하면, 지나치게 예쁘고 감상적이라는 독자도 있었다.

보통은 주어와 서술어가 명확한 문장을 명문이라 이른다. 인간의 몸에 비유하자면 척추에 해당하는 핵심 정보가 문장 안에 올곧게 서 있다는 뜻이다.

'겨울이 온다.'

'나는 달렸다.'

'사방이 어둡다.'

　이렇게 주어와 서술어로만 구성된 문장에서는 단호한 힘
이 느껴진다. 선언하거나 결론을 맺어야 하는 상황에 어울
린다. 하지만 글의 첫 문장부터 끝 문장까지 주어와 서술어
로만 나열하면 글이 딱딱하고 무서워진다. 사람의 몸이든
동물의 몸뚱이든 뼈만 발라 놓은 것을 보면 공포가 느껴지
는 것과 비슷하다.

　그래서 뼈대에 적절히 살과 근육을 붙여줘야 한다. 주어
와 서술어 사이에 절묘한 단어들을 보완해 글에 생기가 돌
게 하는 것이다. 문장에 정보를 적절히 덧대면 더 많은 맥락
을 담을 수 있고, 곱씹을수록 풍성해지는 뉘앙스도 함께 전
할 수 있다. 글이 더 맛있어지는 셈이다.

'겨울은 우리 모두에게 온다.'

'나는 너만 보고 달렸다.'

'사방이 밤처럼 어둡다.'

겨울이 그저 온다고 했을 때는 계절의 변환 정도로 이해되지만, '우리 모두에게' 온다고 함으로써 춥고 메마른 시기가 누구에게나 찾아온다는 의미가 생긴다. 낙망한 사람들에게는 위로를, 기고만장한 사람에게는 겸손을 청하는 뉘앙스도 전할 수 있다. 두 번째 문장도 비슷하다. 나는 달렸다고만 했을 때는 누군가 달리기를 하는 이미지만 떠오른다. 하지만 '너만 보고'라는 살과 근육을 붙여주니 오로지 너라는 존재를 바라보며 열심히도 살아왔다는 절절함이 느껴진다. 마지막 문장도 마찬가지다. 사방이 어둡다고 했을 때는 단순하게 빛 하나 들지 않는 깜깜한 공간이 연상된다. 그러나 사방이 '밤처럼' 어둡다고 비유하며 생기를 더하자, 그게 공간의 어둠만을 뜻하는 게 아니었다는 걸 짐작할 수 있게 된다. '밤처럼'이라는 절묘한 세 글자만으로 실낱같은 희망 하나 없는 상태에 빠졌다는 걸 눈치챌 수 있다.

다만, 살과 근육을 과하게 붙여서는 안 된다. 욕심을 부리다가 살과 근육이 비대해진 문장을 종종 발견한다. 그런 문장들은 표현이 지나쳐 읽기도 벅차고, 감정이 들끓어 주체가 안 된다. 한번 시도해 보자. '살을 에는 듯한 칼바람이 불어대는 겨울은 가난한 이도, 부유한 이도, 잘난 이도, 못난 이도 피해갈 수 없는 것으로 우리 모든 인류에게 닥쳐온다.' 이 문장은 '모두에게'로 간결하게 치환할 수 있는 구간을 지나치게 구체적으로 언급한 탓에 부담스럽다. 대부분의 독자는 문장 중간에서 길을 잃고 말 것이다. 두 번째 문장도 마찬가지다. '나는 정말 힘들고 괴로워 포기하고 싶었지만, 너라는 존재를 위해 이것을 해내야 한다는 일념으로 끝없이 도전하며 앞으로 앞으로 달렸다'라고 숨 쉴 틈 없이 힘주어 말하면 그만 질려버린다. '이리 보고 저리 봐도 돌파구가 보이지 않는 내 인생은 빛 한 줌 허락되지 않는 밤처럼 어둡고 고독하다'라는 문장은 어떤가. 모든 구간에서 삐져나온 우울감이 읽는 사람을 덮쳐 절망의 늪에 빠뜨린다.

이런 실수를 범하지 않기 위해 꼭 지키는 철칙이 하나 있다. 문장을 쓸 때는 우선 뼈대부터 만들고, 근육과 살은 딱 한 덩이만 추가하는 것이다. 나도 모르는 사이 감정과 정보를 덕지덕지 붙여 비대한 문장을 써버렸다면, 다시 한 덩이

두 덩이 빼내며 적절한 그래 수를 맞추다

  그런데 이 원칙은 글쓰기에만 적용되는 게 아니다. 한 해를 하나의 문장으로 본다면 어떨까? 명문을 완성하기 위해 문장의 구조를 잡고 정제해 나가듯, 삶도 더 똑부러지게 써 내려갈 수 있지 않을까? 그렇다면 주어와 서술어에 해당하는 부분부터 바로 잡는 게 순서겠다. '내'가 올해 '무엇'을 하고 있는지를 명확히 하며 척추부터 세우는 것이다. 여기에 한 덩이의 살과 근육을 붙여 생기를 돌게 하려면? 올해를 '어떻게' 살아가고 있는지를 명료하게 묘사하면 된다. 잘 살아 보겠다는 욕심에 이것도 저것도 다 해내려다 비만한 한 해가 된 건 아닌지도 점검해 봐야 한다. 우선순위 없이 모든 걸 다 끌고 가느라, 누구도 읽기 꺼리는 부담스러운 삶을 쓰고 있진 않은가? 길고 복잡한 문장에 길을 잃듯 '잠깐만, 내가 왜 이렇게 살고 있지?'라며 헤매고 있진 않은가?

  1년이 하나의 문장이라면, 잘 살았음에 대한 확신은 마침표다. 적절한 길이의 문장들을 모아 좋은 삶으로 완성하려면 간결하게 문장을 끝맺을 줄도 알아야 한다. 연초에 다소

장황할 순 있겠으나, 여름에 잠시 길을 잃을 수도 있겠으나, 가을에 지나치게 황홀할 수도 있겠으나, 세밑에 이르러서는 단호하게 매듭을 지어야 한다. 그래야 문장이 완성된다.

지독하리만치 열심히 살았던 한 해를 돌아본다.

'나는, 무엇을, 어떻게 했을까?'

부디 이 문장 안에 올해의 주체인 내가, 무엇을 했는지, 어떤 마음으로 해냈는지 명료하게 담아낼 수 있기를. 이것저것 욕심 부리지 말고, 후회와 망설임으로 질질 끌지 말고, 확신의 마침표를 찍을 수 있기를.

마침표는
마침내 시작점

'여는 말'에서, 다 끝마치고 오래 쉴 수 있기에 겨울이 좋다고 선언했다. '묵묵히 주어진 길을 걷는 것은 부모님 시대에나 어울리는 이야기야. 난 그냥 쉬는 게 좋아. 요즘 시대엔 이쪽이 더 먹히지'라고 머리를 굴리며 끝자락이나마 MZ 세대 느낌을 풍기는 내가 퍽 자랑스러웠다. 남은 한 해를 축제마냥 즐기는 게 낫다고 선언하면, 쿨해 보이리라 믿었다.

하지만 나의 쿨한 척은 오래가지 못했다. 겨울에 대한 생각을 글로 펼칠수록 내 근본이 드러났다. 쓰면 쓸수록, 나는 그 누구보다도 성실히 살고자 애쓰는 인간임이 밝혀졌다. 봄을 감싸는 향, 여름을 달구는 태양, 가을을 입히는 단풍… 사계의 풍류를 넣 놓고 즐기는 방법을 나는 알지 못한다. 계절을 배경 삼아 사진이나 몇 장 찍어두고, 최종 목적지인 겨울을 향해 열심히 삶을 굴릴 뿐이다. 하루치 해야 할 일, 또 하루치 해내고 싶은 일들을 꼬박꼬박 달성하며 내가 사랑하는 겨울을 향해 앞으로 앞으로.

겨울을 단지 결승선이라는 이유만으로 좋아하는 건 아니다. 삶에 결승선 따위는 없다는 건 이미 알아버렸다. 겨울에 도착하는 순간 저 멀리서 봄, 여름, 가을이 걸음을 재촉한다는 것을 서른여덟 번이나 경험했다. 오고 가는 계절에 완전한 종료는 없지만 임의로 하나의 구간을 정해놓고 무사히 마쳤노라 자축할 수는 있다. 나에게는 겨울이 그러하다.

그래서 겨울이라는 계절은 내게 문장 끝에 찍는 마침표와 같다. 우리가 문장 끝에 마침표를 찍는 이유도 단지 문장을 끝내기 위해서만은 아니다. 마침표를 찍음으로써 우리는 비로소 다음 문장을 쓸 수 있다. 최선의 문장 하나를 마무리하고, 산뜻하게 다음 문장으로 나아가기 전에 하는 일이 바로 마침표를 찍는 일인 것이다.

결국, 마침표는 마치는 지점이자 새로 시작하는 점이다. 겨울도 마찬가지다. 봄, 여름, 가을을 지난 우리는 영원히 멈추기 위해 겨울에 도착한 것이 아니다. 겨울을 충분히 음미하며 다시 새롭게 나아갈 채비를 한다. 올해를 무사히 완주했음을 담백하게 자축하면서. 도무지 언제부터 뿌리내린 건지 짐작하기 힘든, 이 깊고도 단단한 착실함으로 오늘도 한 칸씩 채워가는 모두에게 이 책을 전한다.

올해도 성실히 써내려 간 문장에 무사히 겨울 마침표를 찍으시기를. 그리고 산뜻하게 새 문장을 여시기를.

나의 영원한 쉼표에게

꾹꾹 눌러 담아 문장을 쓴다. 과용한 데가 있는지 다시 읽어보며, 불거져 나온 마디는 깎아낸다. 활자 하나를 저울 위에 얹었다가 다시 덜어내 눈금을 맞춘다. 할 말은 빠뜨림 없이 담고, 하지 않아야 될 말은 솎아낸 문장 끝에 마침내 마침표를 찍는다.

이것은 엄마가 젊은 날을 다 바쳐 매일같이 해온 일이야. 무게를 가늠 문장 끝에 수없이 많은 마침표를 찍고는 집으로 돌아와 널 끌어안으며 나의 행복에 균형을 잡는다.

　너는 나에게 쉼표. 잠깐만 안아도 충전이 되고, 마주 웃는 것만으로도 씻김이 되는 쉼표. 마침표를 찍으며 살아가는 나에게 너라는 쉼표가 주어진 것은 생에 걸쳐 감사할 일이지. 나도 너에게만큼은 생의 온전한 쉼표로 남아 보답하리라, 매일 밤 다짐을 한다.

2024년 겨울,
로엘이에게 엄마가

겨울 마침표
기꺼이 끝까지 걸어온 당신에게

2024년 11월 20일 초판 1쇄 발행

지은이   박솔미
펴낸이   김은경
편집   권정희, 한혜인, 장보연
교정교열   정재은
마케팅   박선영, 김하나
디자인   황주미
경영지원   이연정
펴낸곳   ㈜북스톤
주소   서울시 성동구 성수이로7길 30, 2층
대표전화   02-6463-7000
팩스   02-6499-1706
이메일   info@book-stone.co.kr
출판등록   2015년 1월 2일 제2018-000078호

ISBN   979-11-93063-74-3 (03810)

북스톤은 세상에 오래 남는 책을 만들고자 합니다. 이에 동참을 원하는 독자 여러분의 아이디어와 원고를 기다리고 있습니다. 책으로 엮기를 원하는 기획이나 원고가 있으신 분은 연락처와 함께 이메일 info@book-stone.co.kr로 보내주세요. 돌에 새기듯, 오래 남는 지혜를 전하는 데 힘쓰겠습니다.